JN192504

追　　　梦

張洛霞

2015

こころからその時の人、その時のことを感謝しております。

真的感谢当年的那些人、那些事。

前言

我是 1990 年 1 月以自费留学生的身份从中国来到日本的，99 年 4 月开始在大学当了一名专职教员。

在长期的教学过程中，经常有学生问我当年为什么来到了日本？并问我当年是如何学习日语的？

其实在 70 年代末期的中国，改革开放刚刚开始不久，英语教育已经是人才匮乏，日语教育还没有开始。我也是一个偶然的机会才接触到了日语，以后又因为身边的那些人、那些事，使我来到了日本。

我们每个人都不能只是生活在家里，不能只是生活在自己的亲人中，我们还必须生活在朋友当中。我的朋友们虽然与我没有一点血缘关系，但是正是因为他（她）们无私的奉献，帮助了我、成就了我，才使我有了今天。所以我将他（她）们写出来，发自内心地对他（她）们表示感谢。

因此我以《追梦》来命名我的文集，并主要以散文的形式通过回顾我当年的那些人、那些事来揭示我当年为什么学日语？怎么学日语的？又怎样来到了日本？

现在从中国来的留学生越来越多，可他们从小就生活在家庭优越的环境下，又轻而易举地来到了日本。所以他们对当年留学生的来日之难是不知道的。又由于互联网的普及，很多人已经不喜欢看印刷读物了。如果这本文集能使晚辈们得以知晓前辈们当年的留学之难以及求学之苦，也算是我们给晚辈的一份礼物吧。

为了使爱好中文的日本人士也容易看懂这本书，我把每篇散文分成几个小部分进行描述。在语言上也尽量平铺直叙，做到言简易懂。

文集共由Ⅳ个部分组成。

第Ⅰ部为【萌芽】。是由我自己所写五篇散文所构成。揭示了从我出生到青春时代所主要经历的事。

第Ⅱ部为【追梦】。是由我的三篇散文和两篇报社记者对我的专题采访文章、以及我曾经的同事们所写有关我的散文所构成。这一部分着重表现了我的追求足迹。

第Ⅲ部为【情怀】。是由我自己写的散文以及我自己的几篇随笔所构成。表现了我与朋友的友情和我到日本各地旅游时崇尚自然、与人和谐相处的情景。

第Ⅳ部为【松竹梅】。里面收录了一些我和笔友之间的诗词往来，也算是我热爱生活的一个写照吧。

在此，我特意要感谢促使并鼓励我完成这本文集的家人以及朋友们，并对三惠社出版社所给予的支持表示衷心的感谢。

2016年1月27日

笔者

目　录

第Ⅰ部　萌芽

第Ⅱ部　追梦

第Ⅲ部 情怀

第Ⅳ部 松竹梅

第Ⅰ部

萌　芽

小草

童年是美好的，但是对于我来说，却有一个不愿回忆的童年。正可谓：幸福的童年都是一样的，不幸的童年各有各的不幸。

1. 病弱之身

1959 年 8 月 11 日傍晚五时许，一个满脸皱纹、瘦小的女婴在洛阳矿山厂家属区 1 号街坊 7 栋 6 门 2 楼的一个 18 平方米的房间里诞生了。

她瘦弱无比，连哭的力气也没有。这时一抹晚霞在悄悄西下，晚霞抚慰着她，她终于哭出了声。父亲看着被晚霞映红了小脸的女婴，又出生在洛阳，猛然间想起中国四大名著《红楼梦》里女主人公林黛玉所写“流水空山有落霞”的一句诗来。父亲当即决定给女婴起名就叫“洛霞”吧，从此这个女婴也就是我有了名字。

可是不幸接踵而来，我先是肝炎，又是肺炎。后又遇大跃进、三年自然灾害等，家家连最基本的口粮都不够，哪里还有可以给我增加营养的补品呢？“孩子，听天由命吧，你本来就是不想要的孩子，”母亲一边无奈地念叨着，一边倾注了最可能达到的爱默默地抚养着我。

据我母亲讲，怀上我时由于已经有了四个孩子(1 个女孩 3 个男孩)，就不想再要这第五个孩子了。于是母亲来到医院准备做终止妊娠手术。可是妇科医生孙云对母亲说：“已经快 3 个月了，还是生下来吧，怪可怜的。”所以我才得以降生。是孙医生给了我生命，使得我至今对医生这个职业情有独钟，对孙阿姨这位伟大的白衣天使感谢不尽。

由于缺吃少药，我只有靠自身的体力顽强地支撑着。我到了三岁，还不会迈出一步。父亲叹息道：“这可怎么办？一个女孩子不会走路，将来嫁都嫁不出去呀？”

是的，兄妹五人里我是排行最小，又是最晚会走路的孩子。可是谁也没有想到，就是这个三岁还不会走路的我后来竟然远离家乡、远离父母姐兄，“走”得最远——日本，并在人才济济的日本当上了一所大学的正式教员。

2. 心灵创伤

1966 年至 1977 年正好是中国文化大革命从开始到结束的年代，也正好是我从上小学开始到高中毕业的年代。1966 年父亲是矿山厂子弟中学的校长，又是“地主成分”出身，母亲是小学语文教师。因父母的所谓历史问题，我也成了“黑帮之女”。可想而知，我在上小学时被人欺负、遭人打骂是常有的事。每当我受欺负哭着回家时，看到母亲总是满脸堆笑着迎接我、拥抱我，我的委屈立刻就烟消雾散了。

记得有一次，学校让学生自带铁铲去除草。妈妈给了我一把小铁铲，可是我硬闹着把家里最好的大铁铲拿到了学校。后来同学们认为我这样的人不应该拿这么好的铁铲，硬是把大铁铲的铲头和铲把给弄得分了家。这简直就像是把我的头和身子弄分了家一样，我伤心地在学校哭得死去活来，直到傍晚也没有回家，后来母亲到学校找到了我。

虽然这把铁铲让我后悔不已、伤透了心，可是真正使我后悔不已的事是：我的一次自认为是“好孩子”应该做的一次“革命行动”，也可以说是对父母、对哥哥们永远也抹不掉的伤疤。

1969年在我上小学3年级的时候，班里的同学一个一个都加入了“红小兵”(现在叫做“少先队”)。每天看着同学们戴着用红色塑料做成的红彤彤的红小兵臂章，我羡慕极了，那简直就是我心里的红宝石啊。

可是学习成绩一直是上等、能歌善舞的我却因为地主出身、父母被批斗而总是不能如愿加入“红小兵”。当时的班主任李老师对我说：“你要与父母划清界限，揭发你家里的剥削史，接受组织的考验，以实际行动来争取加入红小兵。”班里的同学们也纷纷来“帮助”我说：“如果你不讲清楚你家是怎样剥削我们劳动人民的，我们都不选你。”我信以为真，以为我如果讲清楚我家的“罪恶”，我就可以加入红小兵了。这可真是太好了，我也马上要得到红宝石了。于是兴奋的我急切地等着父亲下一次的归来(当时父母被集中在一个地方学习，不知道什么时候才能回家一次？)，打算询问一下地主出身的父亲的家里是怎样剥削劳动人民的？

父亲终于回来了。父亲写好后，我高兴地把稿子拿到了学校。班主任在自己的班里又挑选了四名红色出身的学生，加上我，组织了一个由五人组成的“活学活用毛主席著作讲用团”。这在当时的学校里是唯一的一个讲用团。班主任李老师带着这五个学生到各个班级去演讲，就像春风一样吹到了学校的每一个班级，我的“我家出身地主，有38亩地，……”的声音也飞进了学校里每一个学生的耳朵。

有一天，我见到了久违的母亲，高兴地向母亲报告说：“妈妈，我今天去三哥的班讲用了，我看见三哥坐在第一排，一直低着头，我叫三哥，可是三哥不理我，真好玩……，”还未等我说完，二哥冲着我说：“你就知道好玩，你知道家里的出身给我们带来了多少灾难吗?”我当时还小，还不明白“灾难”这两个字在我身上的确切含义，我只记得当时母亲没有说话，眼泪流了很长时间。这个镜头让我无论什么时候想起来都倍感伤心，悔恨无比。

3. 风雨小草

可是，从那以后我一到学校就有同学叫喊着让我揭发父母的罪行，没有人再愿意与我在一起玩。骂我是小地主，还向我吐唾沫、抹鼻子的孩子越来越多。与我一直很要好的一个女同学也因为我的牵连没能加入红小兵后也背叛了我，在她揭发了我所谓的"罪行"后很快就加入了红小兵。这件事对我触动很大，使我开始对别人有了戒心，我也因此被更加孤立，我去学校的日子也就越来越少了。

"家是安全的、温暖的"是我对"家"这个词最早的理解。这也使得我尽量每天在家而不外出。以致我后来历尽风霜，独闯东洋时，再委屈、再忙、再累也不愿在我的三个孩子面前流露出来，就是因为想给我的孩子们一个安全的、温暖的家。我要呵护着我的三个孩子，不让孩子们受到一点伤害。后来班主任的话也并没有兑现，我也没有马上被批准加入红小兵。直到小学临毕业前我才如愿以偿。

我终于带上了红领巾，得到了我一直想要的红小兵臂章。那天晚上，我兴奋得难以入睡，恨不得把红臂章的别针扎进我的胳膊，一连几天夜里我都是带着红领巾、握着红臂章睡觉的。

长大以后，我才知道仅有 38 亩地的爷爷被化成"地主成分"的理由：我家祖辈世代书香，父亲那一代的兄妹五人也都是从教，姑父和婶婶也均从教。因爷爷当时是确山县中学校的校长，又是县里主管教育的要员，所以家里无人种地，只得雇了长工干活种地。而在当时，只要是有田地自己不种而雇佣长工者，其出身均被划为“地主成分”。

估计爷爷当年怎么也想不到他的 38 亩地给后代带来的苦难吧？看来给后代留房子、留地未必都是件好事啊。清朝的钦差大臣林则徐在谈到给自己的孩子留钱财时曾经说过:“如果孩子不如我，把钱留给孩子有什么用呢？如果孩子比我能干，又有什么必要留钱给他呢？”所以林则徐的这句话真是世间警钟啊。

现在很多人拼命地想为孩子多留点钱财，我时常想：这些东西留给后代真的是不知道是福是祸啊？作为父母还是多给孩子们留点奋斗的精神吧。

这些事使我学会了忍耐、坚强，眼泪也变得越来越贵。“一定要比他们强”的种子开始在我幼小的心灵上萌芽了。常言道：“贫穷是孩子的财富”，可受欺负又何尝不是孩子的一个财富呢?

4. 阴影难消

七十年代末，作家刘心武的小说《班主任》发表了，这部小说在当时刮起了一阵文艺界拨乱反正的旋风。这部小说几乎无人不知、无人不读。可是我至今没有读过这部小说，这是因为我已经被我小学时代的班主任伤透了心，一看见“班主任”这三个字心里就一阵酸痛。后来我大学毕业当了老师以后，我也从来没有当过班主任。因为我宁愿多教几节课，也不愿意要“班主任”这个头衔。

又因为我小的时候总是生活在阴影中，致使我至今都没有去与小学同学聚会的欲望。至今我都没去参加过一次小学同学聚会。因为一见到他们我就会想起往事，我的心就会痛。如果做一件事将使你痛苦的话,干嘛还要去做呢?

前几天一个小学同学在QQ上联系我说:“这一周咱们小学班级同学聚会,听他们说,你要回来参加?是真的吗?”我马上回复:“我不知道这回事,我也回不去,请代问同学们好。”

提起自己童年的这段往事,我总是悔恨交加。在那个时代人人都有这样的“超前意识”,我能怨他(她)们吗,我不也是站了出来了吗?这难道是我的错吗?

我并不怨恨谁,因为在那个时代里,连大人们都是一身正气,理直气壮地站在无产阶级一边,更何况孩子呢?

只是我一直不愿回忆我的童年。

“洛一高”的小学生

对于洛阳人来说，没有人不知道“洛一高”的。“洛一高”是洛阳第一高级中学的简称，这所学校从建校以来一直是洛阳最好的一所学校。也是当时洛阳唯一的一所寄宿高中。

这么一所有名气的高中学校怎么会有小学生呢？

1. 校园里的“小鬼”

我姐姐张新宇（原名张丽娜）是洛一高 68 届 3 班的学生。1967 年父母因所谓的历史问题被集中审查迟迟不能自由回家。母亲因担心我没有人照顾，就让姐姐带我去洛一高“陪读”。

姐姐每天带着我在校园里显得非常地显眼。姐姐对我管教很严，所以我有点怕姐姐，总是挣脱姐姐的管束自己去找姐姐的同学，让他（她）们带我玩，那可真是“打一枪换一个地方”。害得姐姐总是在校园里四处找我，给人家赔不是，所以姐姐同学的很多名字我现在都还记得。

贾建政是我大学的同班同学。我后来才知道贾师兄是洛一高 68 届 1 班学生，也知道我姐姐。有了微信以后我才得以与贾师兄“相认”，也才知道原来我和贾师兄在 1968 年就已经是“同学”了。我给他说了一大串姐姐同学的名字，他非常惊奇，他说有的同学的名字他都已经记不清了。令他更为感叹的是：他与我姐姐是同学，怎么会阴差阳错地又和我是同学了呢？世上的事还真是难料啊。

我常常跟着姐姐的同学在校园里出现，别的人总是问“你带的是谁啊？是你妹妹吗？”他（她）们也总是回答“不是我妹妹，是68（3）班张丽娜的妹妹。”有的时候碰见驻校军代表，他们总是叫我“小鬼”。有的时候，看我一个人在校园玩，解放军叔叔也会给我几个糖。

那时姐姐的学校也几乎不上课，学生们分成两派整天吵吵闹闹、打来打去，武斗事件时有发生。有一天我还见姐姐她们七八个女生在寝室里推搡一个女学生，嘴里一个劲地说：“让你还这么说。”姐姐同屋的同学沈俊莲赶紧把我抱到墙角护卫着我，她没有动手。

第二天那个被推搡的女学生的妈妈带着女儿来找学校。姐姐连忙带着我逃跑回家了。我只记得妈妈说姐姐：“你怎么能干这样的事呢？”姐姐给妈妈讲了那个女同学一大堆的不是之后说道：“大家都动手了，我也不能不动手的啊？”母亲立刻说：“沈俊莲不是没有动手吗？人家就比你聪明。”

1967年7月24日，姐姐的好朋友郝建辉突然来到我家，说着说着就哭了。我赶紧叫来母亲，才得知姐姐学校的一栋学生住的大楼不知道为什么昨天被烧了。郝建辉走了以后，姐姐背对着我们，脸朝着窗户还在抹眼泪。直到现在，姐姐的那个抹眼泪的背影我还是记忆犹新。

第二天姐姐带我到了学校，我还看见那栋被烧的大楼还在冒烟。姐姐告诉我：“霞，只能在这里玩，千万不要跑到楼里去。”然后姐姐就去忙她的事了。

2. 难忘的宣传队

洛一高学校有个由学生组成的宣传队，整天自己编舞蹈到附近的工厂或军队去慰问演出，郝建辉也是宣传队的一员。郝建辉长得很漂亮也很有气质，很像电影演员谢芳。我从小喜欢唱唱跳跳，每天缠着郝建辉带我去看宣传队的节目排练。

那个宣传队里的曾健、常秉勇、黄静琪、田梅、刘国瑞、游祖芳等几位都是我记忆中很鲜活的人。

黄静琪是个上海姑娘，身材高挑，长得很漂亮，是宣传队最有人气的明星。她的小名叫“老虎”，我到现在都想不明白：这么漂亮的黄静琪怎么叫“老虎”呢？

田梅性情很温和，嗓音像百灵鸟，清脆、圆润、甜美，如同她的名字一样，她是宣传队的报幕员。刘国瑞很和气，总是有着天使一般的微笑。游祖芳是四川姑娘，白白的、眼睛很大。

曾健的父亲是个军人，曾健长得很英俊，个子也很高。曾健和黄静琪都没有经过专业训练，竟然能跳出一段完整的芭蕾舞《白毛女》。因为洛一高的白毛女舞蹈跳得出色，1967 年年底洛阳市投入了大量的人力、物力、财力，组织成立了“洛阳市革命样板戏芭蕾舞剧《白毛女》演出团”，并且特聘了洛一高宣传队的几位学生出演，编排演出了芭蕾舞剧《白毛女》全剧。黄静琪饰演喜儿，曾健饰演大春。我姐姐还带我去“八部校”（现在的洛阳外国语学院）看过《白毛女》演出团的排练。记忆中曾健长得也确实很像大春，以至于我每次看芭蕾舞剧《白毛女》电影时，总觉得是曾健在跳。

我有个好朋友住在北京，也是文艺界知名人士。我曾经给他讲过曾健的事，他告诉我说曾健现在在北京做生意，他也认识曾健，并愿意代为引见。我当时没有去，一来怕曾健不记得我，直接说要见他未免唐突，二来我当时因为急于赶回日本也没有这个时间。我让好友在适当的时候与曾健打个招呼，说一下我想见见他。

我最喜欢常秉勇。常秉勇虽然没有曾健长得高，但是他长得也很英俊。两个眼睛很大，眼皮很双，人显得很有精神。常秉勇人很和善，对我很好，有的时候还教我拉手风琴。由于我背不动手风琴，常秉勇就把手风琴放到课桌上，他拉动风箱，我来按键。我听到手风琴飞出的声音甭提有多高兴了，那个情景好像昨天一样，让人难以忘怀。

有一次，郝建辉带我去看宣传队排练。她把我抱起来，放到堆在后面的课桌上，把她的大衣披在我的身上，表情严肃地对我说：“坐好，别动啊，一动就掉下来了，如果掉下来我就再也不带你来了。”我被吓得一动不动活像个木偶坐在那里。

后来队员们中间休息的时候，郝建辉也没有把我抱下来就走出了教室。刘国瑞走过来问我：“小霞，你怎么不下来跑跑呢？”我说：“郝姐姐不让我动，说如果动了以后不带我来了。”刘国瑞接着说：“我抱你下来吧？”我听后直摇头，摇着摇着摇出了眼泪。常秉勇看到后，连忙跑过来问道：“怎么回事？你们谁把小霞弄哭了？”刘国瑞忙说：“是郝建辉不让她动，把她吓哭了。”一会儿郝建辉回来了，常秉勇马上对郝建辉说：“你怎么把人家小孩吓哭了？”

我当时经常见常秉勇和郝建辉在一起说笑，还经常听见我姐姐和郝建辉在谈论常秉勇，姐姐总是说郝建辉：“你别总是欺负人家啊？”现在想想估计常秉勇当时很喜欢郝建辉吧？后来我问了贾师兄这对金童玉女是否“终成眷属”了？贾师兄答道：“没有”。嗨，真是可惜了，大概又是一桩没有结果的初恋吧？

宣传队的舞蹈动作我至今还记得不少，前一段我在网上看1965年拍摄的中国革命大型舞蹈史诗《东方红》时，才知道宣传队的舞蹈动作很多是出自那里的。也正因为如此，我把《东方红》下载到我的电脑里，一部分还装进了我的手机里，时不时地看一看，就如同看到了洛一高宣传队在跳。我是多么怀念洛一高宣传队、多么留恋那一段童话般的生活啊。

我还记得当时宣传队排演了一个表现洛一高学生宿舍大楼被烧学生受伤的舞蹈。常秉勇头缠绷带身穿血衣扮演受伤的学生。“受伤学生”背朝观众上场后倒地，同学们赶紧围上来扶起“受伤学生”，“受伤学生”苏醒过来，面朝观众，这时响起了《抬头望见北斗星、心中只有毛泽东》的歌曲来。常秉勇表演时的表情和动作，还有郝建辉、刘国端、游祖芳三位的表情、动作我至今都还记得，只是这个舞蹈叫什么我一直不知道。

后来我找到了常秉勇以后讲起了这件事，常秉勇告诉我说这个舞蹈叫《难忘 7・23》。因为那座大楼是 7 月 23 日被烧的。

3. 宣传队的小演员

宣传队每天排练，我整天缠着哥哥姐姐们让他（她）们教我跳舞。特别是黄静琪，我最喜欢看她跳舞。黄静琪不仅长得好，而且跳舞跳得最好。我经常晚上跑到黄静琪的房间让她教我几个动作，后来黄静琪终于教了我一个叫做《我们的解放军》的舞蹈。

从那以后我每天在洛一高校园里只要一看见姐姐的同学，我就给他（她）们跳《我们的解放军》，哥哥姐姐们一拍手表扬我，我就非要再跳第二遍，第三遍。他（她）们不想看的话我就哭，搞得我姐姐时常下不了台，总要给他（她）们道歉。

有一次，宣传队去洛阳市驻军地慰问演出，我哭着非让他们带我去。后来常秉勇说：“让她去吧，可以帮我们看看衣服。”并警告我：一定要听话。

演出在晚上七点钟开始。我坐在后台根本不愿默默无闻，我又求哥哥姐姐们也让我上台表演一个，哥哥姐姐们被我闹得不行，终于答应让我上台跳一个。只听见田梅报幕说：“下面由红小兵给大家表演一个节目《我们的解放军》”观众们立刻响起了欢迎的掌声。因为我没有哥哥姐姐们那样的军装，她们慌忙地在我的蓝底百花的小袄上系上了一条皮带，也算是有点“小革命战士”的味道了。

面对台下黑压压的观众，我一点也不害怕，大大方方地跳完了舞。演出结束后，部队招待吃饭，我也有一份：两个白馒头，一碗白菜粉条炖肉。我头一次吃到这么多的肉，高兴极了。我留了一个馒头送给常秉勇，因为他对我最好，常秉勇高兴地立刻把我举到了头顶。

晚上，宣传队的姐姐们把我送回到了我姐姐身边，并高兴地向我姐姐汇报了我的“胆大妄为”。姐姐气得一边给我洗脚，一边埋怨我怎么这么不懂事？第二天姐姐把我送回了家。

可是母亲听说后一点也没有埋怨我，母亲还边听姐姐述说边笑着说：“这个妮子怎么这么胆大？”我躲在旁边一边看姐姐在向妈妈告状，一边一个劲儿地偷笑。趁姐姐不在的时候，我赶紧溜出来，母亲则不停地问我：“霞，你怎么跳的？跳个让我看看。”

后来，每当我家来客人时，我总是要亮出我的这个“拿手戏”，而且不止跳一遍。客人们也总是说：“小霞生性活泼，将来一定有出息。”我叔叔（爸爸的弟弟）每次给我父亲写信时，也总是在信中说：“小霞性格好，我就喜欢小霞，你们家五个孩子就小霞与众不同，将来一定有出息。”母亲很是高兴，也总把叔叔的这段话念给我听。

1982年我大学毕业后，分到了矿山厂中学当数学教师。宣传队的游祖芳也在这个学校当数学教师，并与我是同一个年级。她一见我进来，立刻高兴地边说边比划地揭了我的“底“，还一个劲儿地对别的老师讲:“洛霞从小就有胆量，站在台上一点也不害怕。”

1969年1月8日,姐姐随着同学们一起响应党的号召，上山下乡奔向了农村这个广阔的天地。我也不得不结束了我在洛一高的“陪读”生活了。

4. 终身受益

我之所以对当时的事一直记得这么清楚，是因为这些事对我来说是刻骨铭心的，它总是在我的脑海里挥之不去。对于我来说，“洛一高”是乐土，它使我这个幼小的种子得以发芽、成长，使我过早地成熟，看到了很多同龄人看不到的东西，也学到了很多同龄人学不到的东西，给我的童年增添了无比的快乐。“洛一高”又是熔炉,它锤炼了我,使我练就了敢闯敢干、什么都不怕的性格。

我虽然不想回忆我的童年，但是我在洛一高“陪读”的日子却是我童年最快乐、最值得留恋的日子。所以我忘不了“洛一高”,因为它使我终身受益，更忘不了宣传队里待我如亲生妹妹一样的的哥哥姐姐们。四十多年来我一直在寻找他(她)们，并衷心地祝愿他们健康长寿。

后记：由于贾建政师兄的帮忙,我在2015年10月18日终于找到了郝建辉和常秉勇。我高兴地当即给郝建辉和常秉勇打了电话,并把我写的《“洛一高”的小学生》通过微信发给了郝建辉。一会儿郝建辉回信说我写得很鲜活、很生动、很质朴，并马上将我的文章发到了她们洛一高宣传队同学的群里。当晚，常秉勇就给我回了信。我也从常秉勇那里知道了那个宣传队叫作“洛一高井冈山文艺宣传队”，也知道了那个总是爱笑的刘国瑞因病于 2014 年 9 月去世了。以下是常秉勇 2015 年 10 月 18 日晚上发给我的信：

您好，洛霞小妹妹，我是常秉勇。我回家后看到您写的一段关于宣传队和我们几个人的事，以及您小時候那么可爱的故事，我的眼睛湿了。在那个艰难的时代我们还有那么多的温情、快乐，真是人性使然。没有什么可以阻挡年青人追求幸福、欢乐，也没有什么可以压垮一棵生机勃勃的幼苗。洛霞小妹你那么可爱、坚强。谢谢你还记得我们。

2016 年 1 月 10 日我又相继找到了曾健、黄静琪、田梅。他们都对我的文章给予了高度评价。

曾健：洛霞妹，看到你写的文章了，很好，很难得，珍贵的回忆。

黄静琪：洛霞小妹，你若到北京，姐姐请你吃饭，你记住，你有亲人在北京。

田梅：小霞妹妹，看了你的文章，很感动。你的文章很有文才。近 50 年的事你还记得那么清楚，描绘得像刚发生的一样，勾起了我们对青年时代的美好回忆。也说明了你跟我们宣传队是那么地有缘，那么地有感情。有些事我们都不记得了，你还记得那么清晰。可见这些事在你幼小的心灵上留下了多么深刻的印象啊。

我终于回到了哥哥姐姐们的身旁，他(她)们都亲切地叫我妹妹。我重新得到了哥哥姐姐们久违的温情，真是让我快活得无法抑制，仿佛又回到了那个得以让我翩翩起舞的“洛一高”舞台了。

舞痴

我从小喜欢跳舞，母亲说我小时候很有跳舞的灵性，只需教一遍。我虽然在幼儿园时代经常代表幼儿园去参加演出，可是我的小学到高中时代却没能继续跳下去，甚至连学乐器的才能也被视而不见。它使我的心灵遭受了难以愈合的创伤，致使我每每看到舞蹈表演或是乐器表演时都不免感到一丝的忧伤。

1. 小铁梅

我母亲喜欢唱豫剧，经常听母亲时不时地哼唱两句。所以我从母亲那里学会了不少豫剧唱段，像豫剧《朝阳沟》、《花木兰》、《李双双》等一些有名唱段都是我从母亲那里学会的。当时流行的是“八个革命样板戏”，收音机里每天不停地播放。像《红灯记》、《智取威虎山》、《沙家浜》等第一批京剧样板戏的唱腔都是我们女孩子的最爱。其中《红灯记》里李铁梅的“都有一颗红亮的心”是我的拿手好戏。因为我喜欢唱这一段，又喜欢仿照李铁梅那样穿件红色上衣，梳着长辫子，所以大家都爱叫我“小铁梅”。不过我最喜欢的还是跳舞。

1967年我已经上小学二年级了，当时父亲在什么地方被集中学习我记不得了。只记得母亲与洛阳市各个学校有历史问题的老师被集中在洛阳轴承厂小学学习，只有星期天才可以回家一次。

我跟着姐姐去母亲住的地方看过母亲，所以我知道从我家去找母亲的路。那个时期学校不怎么上课，就是去学校也是学毛主席语录。如果在外面受了委屈，我总是自己去找母亲。只要一看到母亲，我就什么都忘了。与母亲在一起学习的叔叔阿姨们经常拿出一些好吃的给我。有的阿姨说我像杨虎城将军的秘书宋琦云的孩子“小萝卜头”那样，聪明可爱。门口看门的师傅很同情被关在学校里的老师们，也都允许我进去。但是母亲总告诉我不要去找她，后来就让姐姐把我带到了洛一高学校去“陪读”了。

我记得有一次傍晚我去母亲那里，我给妈妈们表演《红灯记》李铁梅的唱段，一连表演了三个节目还余兴未尽。这时一个伯伯听到歌声走进房间后，我就又表演了两段。后来听母亲对父亲说，那个伯伯以前曾经是剧团演员唱豫剧的，听了我唱戏后说我很有表演天赋，又提醒母亲说不要让我一次唱的次数超过三遍，这样对孩子嗓子发育不好。

1969 年 1 月姐姐下乡后，我只得回到学校，但是我又上了一次三年级。这是因为河南省在文化大革命期间所有学校全面停课一年，后来又倡导要“复课闹革命”，于是我们这一届的全体学生又重新上了一次三年级。

2. 舞蹈小编辑

当时学校稍微有点正规了，起码每天都上课了。我的班主任是李老师，她是上海人，对学生管教很严，教书也很负责。但李老师也是一个比较爱出风头的老师，那个让我终身悔恨的演讲团就是李老师的“杰作”，这个演讲团也为李老师增添了不少光彩。

我所在年级一共有十个班，每个班都有自己的跳舞队(也就是由七八个女孩子组成的)，学校总是隔三差五地搞文艺演出。因为当年连大人都是每天跳《忠字舞》，就那么几个动作很枯燥乏味，所以一般的女孩子是不会跳舞的，也就更不会编排舞蹈了。

由于我在洛一高宣传队呆过，多少也耳闻目睹了一些大哥哥大姐姐们的舞蹈动作，所以学到了一点编排舞蹈的本领。班主任李老师“破格”让我这个黑帮子女也加入了班级跳舞队，目的是为了可以编出好的舞蹈来，为班级争光。

那时每天下课后，李老师就让我们几个女同学留下来，由我来编排动作，然后教大家。当然了，舞蹈的主角也是非我莫属。比如我还跳过《白毛女》里面喜儿的独舞“北风吹”。当时非常幻想自己有双芭蕾舞鞋就好了。

我们班的跳舞队让李老师颇为自豪。李老师有时帮我们联系让我们表演跳舞的地方，有的时候我们自己也去住户街道表演节目，有时甚至跑到公交车上去唱歌宣传。

当时我们跳舞跳的最多的是“无限风光在险峰”（出自毛主席诗词:《七绝·为李进同志题所摄庐山仙人洞照》），和“我失骄杨君失柳”（出自毛主席诗词:《蝶恋花·答李淑一》）。特别是“无限风光在险峰”的舞蹈里要有一个双腿劈叉动作，这是我的拿手强项。还记得当年为了比别的班级的女孩子劈叉劈得好，我每天早上都早早起来,在外面拉拉韧带、练练功。

因为我在舞蹈编辑方面的“小天才”，我在学校的学生生活才渐渐地有了点阳光。特别是我们班上的表演都是出自我的创作，这一点总是让我颇为得意。这一段时光也是我愿意去上学的一段时光。后来我升入四年级，换了班主任，李老师还曾经让我去她新带的班里教学生们跳舞。

3. 难遂心愿

1970 年我上小学四年级的时候，母亲被下放到矿山厂铸钢车间泥芯工段劳动。母亲每天一身工作服早出晚归很是辛苦，不过也常常听母亲说：工人师傅们对她很尊敬，总是不让她干重活。

当时小学教育是五年一贯制。所以四年级和五年级属于小学阶段的高年级了。学校的音乐老师王老师选拔了一些男女学生组织了校宣传队，可是不知为什么竟然没有挑上我？我很伤心。

王老师与我母亲曾经是工作中的同事，关系还不错。王老师有两个女儿：一个擅长歌舞，一个擅长拉小提琴。我还记得小的时候母亲还经常带着我去王老师家玩。于是我不止一次地让母亲去找王老师说情，母亲总是说："好，好"，却一直就是没有让我加入宣传队的消息。渐渐地我也不提了，只是放学以后，我总是趴在窗户上，看王老师带学生们编排舞蹈《我们走在大路上》。

但是我还是想跳舞，我时常在家给母亲跳舞。至今我都记得母亲系着围裙，两手沾着面粉微笑地看我跳舞的神情，姐姐也总是停下手里的毛线活看我跳舞。姐姐还总是夸我跳舞的动作很好看，我那个时候想跳舞简直都想疯了。

我还把我所住 1-7 号街坊的女孩子们组织起来编排节目，自己给自己演，有时我也带着几个女孩去挨家挨户表演。有两个 5 岁的小女孩一个叫冬梅，一个叫王红，长得很可爱。特别是小冬梅嗓音很好听，不管到了谁家，"叔叔阿姨，我们给你们表演一个节目。"的话音一落，大人们马上停下手里的活儿，看我们的表演。过年时冬梅和王红的家长给她们打扮得很漂亮，头上系着红色的蝴蝶结简直就是芭比娃娃，可爱极了。所到各家演出，糖果自不必说，有时我们甚至还可以得到一两毛钱的压岁钱。

到后来我的小学校又成立了腰鼓队、敲鼓队，同样也没有我。可是我还是想跳，我经常在家把家里的一个四脚圆形小铁蹬绑在腰间，学着学校腰鼓队的样子敲着跳着，经常惹得父母哈哈大笑。

我怎么都不知道王老师是根据什么条件挑选学生宣传队队

员的？也不明白学校所有的文艺团体为什么都没有我？是因为父母的原因吗？我当时找不到答案，只是非常羡慕宣传队里的女孩子们。总是幻想着：我要是她们就好了。

4. 心灰意冷

1972 年我开始上中学了，父母亲均已回到了原先的工作岗位。母亲在小学继续担任语文教员，父亲因为还没有完全解放，在学校校园内带领民工烧砖盖房子。

我们当时的中学课程里每周有一节劳动课，就是去烧砖处搬砖。我看到父亲在那里劳动心里很不是个滋味。因为每天心里很受压抑，所以我整天也不怎么说话，没有了活泼可爱的形象。

上了中学不久，学校招收宣传队员，我和班上的一个女孩子一起去报名参加面试。可是主管宣传队的王老师连看都不看我一眼，只是让那个女孩跳了一个舞后就录取了她，匆忙地结束了面试。

这件事对我打击很大，从那以后跳舞的事我是连想都不敢想了。我知道我已经不可能进宣传队了，我也长大了，也不可能再让父亲去替我求情了。

1972 年的夏天，武汉钢铁学院的一批学生到矿山厂实习,晚上就住在我所在学校，里面有一个大哥哥弹得一手好琵琶。有一天我听到从一个教室里飞出一段悠扬的琵琶声，便好奇地趴在窗户上看。主管学校宣传队的第二把手蒙老师认识我(因为蒙老师是老教师，所以知道我的父亲)，就招呼我进去。

蒙老师是广西人,很有音乐细胞，也是一个颇有才华的人。因为当时学校宣传队里还没有琵琶这种乐器，蒙老师又很钟情琵琶，就想让学生学一下,也好给学校宣传队添把乐器。见我进来，就让那个大哥哥看看我的手指是否合适弹琵琶。那个哥哥说我的手指还可以，并说学乐器主要看悟性，还说我悟性不错，并让我当晚把他的琵琶抱回家练习，以便趁他在这里实习的时候能多教我一点。

想想在那个年代里能够抱着自己的琵琶去实习的这位大哥哥估计也是一个很了不起的人物，只是我一点也不记得他的名字了，否则的话我一定找找他，感谢当年他是如此地善良。

我抱着大哥哥的琵琶简直就像抱着一个金娃娃回了家。那个年代很多人并不认识琵琶，街坊的几个小孩跟到我家，想看看我抱的是什么东西？我兴奋地回到家，高兴地简直不敢相信这样的好事怎么会轻易地落到了我的头上了呢？

在家练了一个晚上，好像自己俨然成了一名演奏家一样，父母也高兴地脸上堆满了微笑。晚上我把琵琶放在我的床上，生怕它长了腿会从我身边溜走，夜里醒了好几次去抚摸了我那心爱的琵琶。

练了两三天后，大哥哥们回武汉了，也带走了琵琶，我每天沉浸在幸福中一直等着学校买琵琶。可是两周过去了，没有人通知我去练习琵琶。

有一天我又听到了琵琶声，我趴在窗户上一看，原来是与我同班的另一个女孩子在那里弹琵琶。我很气愤，于是瞒着父母马上给蒙老师写了一封信，问她为什么不让我来弹琵琶？蒙老师看到信以后对我说是学校决定的，她无法决定让谁弹。并且说:“如果你不相信，我可以把你的信公开贴出来，我把学校的决定也可以贴出来。”我一听吓坏了，因为信如果公开的话我不又要给父亲添麻烦了吗？

于是我再也不敢追问弹琵琶的事了，再也不想与文艺有关的事了，它已经让我伤透了心。其实那个女孩不仅弹琵琶的先天条件不如我(手指没有我的细长)，而且学习一般，不是很有悟性的人。可是不知道为什么选上了她？后来她也没有弹出什么名堂来。当然了，琵琶也是一个比较难学的乐器，估计弹好也不容易。

5. 伤口难愈

1978 年 7 月高考后我被洛阳市师范学校（后来相继更名为洛阳教育学院，洛阳大学，洛阳理工学院）录取了。由于学校延长开学日期，我只有在家里等学校开学。小学音乐教师王老师的那个喜爱歌舞的大女儿当时身份还是下乡青年，为了准备报考矿山厂技校回到家里复习文化课。于是王老师托我母亲让我去她家辅导她女儿数理化的知识。

我一听是那个不让我进小学宣传队的王老师，一肚子无明火窜了上来。我说我不去，母亲说：“王老师既然已经开口了，你无论如何也去一下，给人家一个面子。”后来我只得去了王老师的家：一个想起来就让我恨的人的家，一个我小的时候随母亲经常一起去玩过的家。

我坐在那里想起这个王老师就一肚子火：她明明与我母亲关系不错，又知道我爱跳舞，可是却不让我进宣传队，这个伤痛我一辈子都忘不了。于是我在她家如坐针毡，哪里有什么心情去教她女儿？我讲了一会儿就借故有事跑掉了。事后这位王老师对我没有好好教她女儿的事还颇为不满，还对我母亲说了此事。母亲没有责怪我一句，因为母亲知道我这条船是弯在何处的。

1982 年我大学毕业后，分到了矿山厂子弟中学当数学教师。当时我爸爸担任这个学校的校长。真是冤家路窄，我不仅与蒙老师是同一个年级的数学课教师，而且那个曾经连看都不看我一眼的中学宣传队主管王老师也在我们年级任音乐课教师。

我与蒙老师每天在同一个办公室工作，双方总是比较客气，互不侵犯，除了工作上的事之外从来也不会多说一句话。那个教音乐的王老师见到我也感到很不好意思，但是我与她不在一个教研室，倒也相安无事。

我虽然一直都解不开有关不让我弹琵琶的疙瘩，也时常想搞个水落石出，但是我还是没有问她们。第一，我如果问她们的话，无疑会增加她们的精神压力。第二，也不能全怪她们。因为当时家长们都喜欢让孩子学学乐器，打打球。在物质匮乏的年代，什么卖肉的、卖菜的、商店售货员都是很吃香的行业，他们也都想让孩子有个一技之长，所以她们的孩子都要比一般孩子可以多一点享受到老师的特别优待。更何况我父亲当时还有历史问题没有解决，谁又敢去让这样人家的孩子去挤占稀缺资源呢？第三，也许只是我自己自作多情，总觉得自己是块跳舞的料，可是在老师眼里也许我并不符合她们的选拔标准。

1983年学校庆祝五·四青年节时，我特意挑了几个学生排练了舞蹈《小草帽》，还有一些别的几个小节目，代表我所在年级参加学校汇演。因为从排练到演出我没有请教一次王老师的意见，这让身为音乐课教师的王老师觉得很没有面子。王老师感到我是有意把她晾在了一边，虽然多少有些不满，但是也不好发火。其实我不是有意要晾她，我只是不想与她多说一句话。

1989年蒙老师当了年级主任，她特意让我去她那个年级，并说我是个文艺人才，希望我把年级的文艺活动搞起来。当时我马上回绝了她的好意，一是因为我已经在办去日本的手续了，二是我无论如何都不可能再与她一起共事的。因为我一看到蒙老师和王老师，我的伤口就要冒血，这个伤口这一辈子都是难以愈合的。

6. 尘埃落定

我之所以对跳舞之事一直耿耿于怀，是因为跳舞这些事是伤到了我的骨髓之中，让我隐隐作痛，使我无论什么时候想起来就想流眼泪。它无情地摧残了一颗热爱舞蹈，向往音乐的幼小之心，使我对当事老师永远都不愿原谅。

1986 年学校举行庆祝五·四青年节活动。我叫上学校的四名年轻教师，由我编排并主演了五人舞蹈《红珊瑚》。1989 年教育中心编排舞蹈《荷花舞》，负责编排舞蹈的齐老师是音乐舞蹈的专家。她特意跑到我所在的学校指名道姓只挑选了我，使我一直困惑的问题终于尘埃落定，那就是：终于有人认为我是有舞蹈才能的。这件事迅速扭转了我因跳舞而产生的屈辱心理。那次登台演出是我扬眉吐气的一次演出，也是我人生至今为止最后一次的登台演出。

从那以后我到了日本，再也没有了登台的机会。不过至今我还是很喜欢舞台。如果有一天有条件的话，我想也许我还可能再一次站立在舞台上。

暗恋

“暗恋”是指什么？是指没说出来的喜欢？还是指在对方不知道的情况下偷偷地喜欢对方？有人说“暗恋”是指对另一个人心存爱意或好感，但因为种种原因，这种爱意无法宣之于口。也有人说“暗恋”是一种单纯、无私、深刻的爱，无论何时想起，都会是心底最温柔的回忆。

总之，对于已到中年的我来说，当知道自己曾经被一个人“暗恋”过，那种感激之情着实让我颇为兴奋，继而感到脸上有点发烧，估计是泛起了久违的红晕了吧？

1. 金嗓男童

上小学的时候，班上有一男生 Z 君，个子不是很高，白白的，大眼睛，双眼皮。学习不是很好，但是属于比较安静的男生。

Z 君天生一副好嗓子，是小学校宣传队的一号队员。什么诗歌朗颂、男童生独唱等都是非他莫属。至今我都记得他那甜美的男童声，清脆圆润，真是好听极了。

他有这个唱歌才能，不仅在学校经常演出，还经常被借去到别的学校唱歌，这一点让当时的班主任李老师颇感自豪，总是对他爱护有加。但也正是因为这一点招引得同学们很嫉妒他，不是很喜欢他，还说他是老师的“哈巴狗”，甚至有些男生总要在他的面前挥一挥拳头。因为他经常演出无法听课，学习总是赶不上，别人也不待见他，所以他就经常抄我的作业。

当时我家住在 1-7 号街坊，离小学校很近，所以他放学以后经常来我家玩。由于当时班上同学都不愿意与我玩，所以也只有他与我说话，我们两个也算是同命相怜吧。特别是他是宣传队的，可以到处登台演出，仅这一点就着实让我颇为羡慕。因此我也很高兴他每次的光临，总是把自己积攒的糖果拿给他吃。

2. 童心无忌

记得是小学二年级的事了。Z 君有个妹妹比他小两岁，因为父母是双职工经常需要哥哥照看妹妹，所以每当 Z 君外出演出时，总是把妹妹带到我家让我代为看管。有时候我母亲在家时会留他妹妹在家吃饭，有时候我会到 Z 君母亲下班后把他妹妹送回他家。

她妹妹与他长得很像，也是大眼睛、双眼皮、也很听话，总是跟在我的后面，一口一个“姐姐，姐姐”地叫着。因为我在家是排行最小的，所以我也很喜欢他妹妹，也很想当个很好的大姐姐。

有一天，Z 君将妹妹带到我家，突然对我说“张洛霞，咱俩长大以后结婚吧？”在当时我们这个年龄的理解中，结婚就是男女两人可以一直在一起玩。根本不知道结婚的意义是什么。我当时想:有个人可以一直跟我玩不是很好吗？于是我爽快答应。我说:“好啊”，他马上从兜里掏出两块上海糖果来说:“这是留给你的，你自己吃，不要让我妹妹看到了。”我很高兴，沉浸在往后有人会一直跟我玩的喜悦中，那两颗糖也不知是怎么飞进了我的肚子里，只记得我像燕子一样在屋里飞来飞去的。

可是不知为什么，Z 君向我“求爱”以后，就再也没有来过我家。也可能是我后来不久去洛一高“陪读”不在的原因吧?具体的已经记不起来了。

3. 疑被“抛弃”

很快到了 1970 年，我们上了小学 4 年级，学校也换到比较远的矿山厂第二子弟小学了。我们已经 11 岁了，班上有的女孩子已经渐渐挺起了胸，男女界限也已经开始进入我们的脑子里，女孩子们觉得与男同学说话已经有点难为情了，所以男女孩子们几乎也不在一起玩了。除了在教室里男女同学还讲讲话，在外面已经不说话了，否则要被人骂成“小油皮子”。

Z 君仍然是学校宣传队里的一颗明星，偶尔与我说话时也形同路人，不会多说一句。我也长大了，看不上学习不好的同学，也没有想与他说话的欲望了，更不会追问他是否还“爱我”。

上中学后，我与他也不在一个班了，见面的机会就更少了。那个连看都不看我一眼的中学宣传队王老师很喜欢他，估计他有点飘飘然了。因为在那个年代里会点唱歌、乐器、打球之类的人都会被认为将来是大有作为的人，他们一个个都很有优越感的。所以他偶尔在学校里碰见我的时候，还会绕开我走。搞得我很没面子，好像怕我“逼婚”似的。

再则他一直是学校宣传队的主角，宣传队里美女如云，而我长相平平，估计被他无情地“抛弃”了。抛弃得连话都不愿与我说了，我真是太惨了。

我们那一届初中毕业就可以下乡务农的。当时“读书无用论”还在盛行，早年下乡的大哥哥大姐姐们都陆续从农村回到了城市，进工厂当了工人。所以当时流传着“早下乡早回城”的风潮。Z 君也下了乡，而且听说不久被军队招去当了文艺兵，而我没有下乡继续读高中。

后来我大学毕业当了教师。有一年教师节学校排演合唱《两地书、母子情》，王老师还特意把Z君叫来帮唱。王老师扮演在家思念儿子的母亲，Z 君扮演在前线打仗的儿子。我再次听到了 Z 君那高昂、洪亮的男高音嗓音，也才知道他复员了，在一个厂里的电视台工作。

但是他只是来与我们合唱团一起练了两次，练完后又匆匆忙忙赶去上班了，所以我们仍然没有说一句话。再后来我去了日本。

4. 聚会重逢

2011 年的夏天，我从日本回到洛阳探亲，遇到了我小学同学陈氏。她告诉我说去年小学同学聚会了，还让Z君摄了影(因为他在电视台工作，有这个得天独厚的条件)。并由他编排作了盘 DVD，给我也留了一盘。并诡秘地告诉我说：好好听听片头歌《同桌的你》，然后还说她去招集同学为我接风。其实我对小学同学没什么好印象连忙推辞，可是最后拗不过她不得不答应任她安排。

回到住处我打开 DVD，随着片头曲《同桌的你》的推进，一张张充满稚气的小学同学的照片跳了出来。在“谁娶了多愁善感的你？”那一句歌词出现的画面上跳出的竟是我的照片，我的心一阵小跳，怎么会是这样？谁还会关心我被谁娶走了呢？又一想也许是我一直远离同学们，他们真的是不知道谁娶了我？也就没有多想。

我如约前往“接风宴”，我与大家一一打过招呼，发现 Z 君也在场。阔别四十多年后真正面对面重新听到了Z君的男高音演员所独有的嗓音。席间，不知为什么大家一个个都借口溜走不见了，就剩下我们俩个。

Z君要了我的电话后，并问我是否可以请我单独吃顿饭？我恍然大悟那盘由他编辑的DVD的含义了，也猜到他为什么要单独约我、想说什么了，就爽快地答应了他。因为我觉得对于我们这个年龄的人来说，一切的记忆都将是美好的，里面的主人公已经不重要了，还有什么可以和不所以的呢？

从同学们与Z君的话语中我得知Z君经历了第一场婚姻后，又在第二次婚姻中成了一个大企业党委书记的乘龙快婿，特别是第二任夫人当时还是个没有结过婚的姑娘，比他小七岁，真不知道他用什么魔法赢得了这个官僚女孩的芳心？现如今老丈人已退休，夫人在某市电视台工作，他仍然在厂电视台搞编导工作。

5. 友谊长存

第二天我如约前往，并将打算送给别的朋友的礼物截留准备送给这位半路杀出来的“程咬金”。

茶过三巡之后，Z君先问：“你看出那个DVD的意思了吗？”我说：“看出了，不过没敢确定，觉得也许是个巧合。”他说：“你果然聪明，我想这么多年了你看不出来的？”我又问他“昨天吃饭为什么大家都溜了？”他笑着说：“同学们看编出的磁带，问我为什么那句歌词呼之而出的是张洛霞的照片？为什么在张洛霞出现的画面下面还写了那么一些字，我就向同学们坦白了。我之所以这么做，是因为这个DVD是我拍摄并编辑的，我想把我的梦想和记忆也一起刻进去。”

噢，原来如此，我忽然明白了，并对小学同学的怨恨一览无余：同学们意味深长啊。因为我第一次看DVD时只顾看同学们相片了，没有注意下面的字，也不知道写的是什么?当时也就没有过多地问Z君。

话语间，他说他一直记得他小时候的“求爱”，后来觉得我越来越优秀，他越来越一般，就再也没往那里想。我又问他：“既然你还真记得儿时的那些话，这几年我年年回来，为什么不来找我呢？”他说：“听说你又是出国，又是博士的，我觉得你不会理我这样的人。要不是同学们给你接风，我还没勇气直接找你说话。其实这次接风是我让陈氏去约你的。因为是她保留并提供了你小学时候的照片。我当时在编辑 DVD 时是想告诉你：我一直很喜欢你。你那一对甜蜜的酒窝和长辫子真的是太可爱了。”

我一直对电视播音员是如何工作的抱有好奇。甚至也曾经想像如果自己在那里播音会是什么形象？因他在电视台工作，我问他是否可以为我制作一盘我在播音或是讲话的录像？他马上说“这没有问题”，虽然我觉得我这老太婆形象已经没有什么大的肖像価值了，但是还是想看看自己在电视上的形象的。

约好时间后，我来到了电视台摄影室。因为他是摄像编导，别的员工也没问他为什么要拍摄我？

在拍摄棚里，我说：“我说点什么好呢？”他说：“随便，你坐在播音员的位置上吧，你想说什么都行，我只注意拍摄清楚你的音容笑貌就行了。”我在他的导演下，如同讲故事一样，随便讲了一些日本的生活习惯，制作了一盘我的 DVD。

后来我回到日本，又看了一遍小学同学聚会的 DVD，才发现在我的像片出现的画面下面还写着这样的字：“小时候她喜欢我，我也喜欢他。我们约定长大在一起，不知为什么她不再理我？虽然我们都已年过半百，但这颗童心我还珍藏着。因为那是我童年的梦想，是我一辈子的美好回忆。”

看完后，我很感动，他这种　“假公济私”的勇气着实让我佩服。他的那句话又在我的耳边响起：这个带子是我编排的，我还是有这个权利把你放入我永远的思念中的。

初恋

每个女孩都有自己的初恋，顺利的话她可以成为他的新娘，不顺的话就各有各的不顺。对于我来说，与其说是初恋不如说是单相思。这次回国偶然遇见了他：一个曾经让我魂牵梦绕、朝思暮想的 L 君。

1. 朦胧

上中学一年级时，我家搬进新居：18-2 号街坊 6 号门。当时中国的文化大革命运动还没有结束，学校不怎么上课。女学生们在一起谈论最多的是勾花、绣花、打毛线之类的话，偶尔也谈论一些高年级（当时是中学两年，高中两年）男女同学之间的“绯闻”。当时我们低年级只觉得很有意思，丝毫也感受不到当事人的甜与苦。

随着年龄的增长我也开始留意起了男性。上高中一年级的时候，学校一会儿让学生去到工厂劳动、一会儿让学生去农村割麦子，反正就是不给学生们好好上课。我的班里也开始流传班上某某女同学与工人师傅好上了、某某女同学被母亲说给谁家当儿媳妇了等等。当时在女同学中间大有山雨欲来风满楼的气势，好像女孩子不找一个男友就不配做女孩子似的。

看到我姐姐和哥哥谈对象的共同点之一是男比女大，所以我对与我同龄的人不屑一顾，开始注意观察比我大的男孩子。因为文化大革命的影响，像我这样的黑五类分子的孩子不太受待见，我们的生活充满着阴影，我们的生活态度基本上都是比较低调的。所以我也不敢明目张胆地窥视出身工人农民的男生，只能小心翼翼地将眼光飘向黑五类分子的孩子。

2. 牵魂

偶然有一天听见同学谈论说：比我们高一届的L君头脑很聪明，懂无限电，不仅会装收音机，还自己装了一台电视机（当时那个时代谁家里有个收音机已经很不简单，电视机则是刚刚听说，反正我家当时是只有收音机），上海人，父亲是资本家的儿子。还听说他们班上从上海转来了一名女学生，两个人关系很好。我一听，那个男生不就是与我同住一个楼的L君吗？连上海的姑娘都喜欢他，可见这人一定不错。

说实话我与L君同住一个楼（他家住在5号门），以前虽遇见过但从来没有打过招呼。自从那以后我开始留意他了。仔细一看，他高高的个子，瘦瘦的，两眼有点凹，一副聪明相，是地地道道的上海男人的模样。更为特别的是他有一副资本家后代所持有的自信，不仅彬彬有礼而且风度翩翩。

从那以后每当他出现在我的面前时我的双眼就没有离开过他，这种对他的好感和渴望与日俱增。渐渐地我发现，我如果一天见不到他就觉得菜饭不思，什么都不想干了。

我当时喜欢勾花、打毛线。我观察到他每天晚上基本上都是11点左右才回家。为了能看上他一眼，我每天在外面一边做手工活一边等他。只要他一出现在我的视线内，我的心就开始急剧地跳动，脸颊就觉得在发烧。

父亲以为我每天只知道勾花、打毛线，竟气得骂我没出息只知道做针线，甚至有一天还将我织了一半的毛衣扔到了地上。因为我能在三天内打好一条成人穿的毛线裤，邻居大妈们都夸我做事认真、有恒心，还让她们的女儿向我学习。

当时我所在的矿山厂每周六在 2－2 号街坊放露天电影。每每看到电影《地雷战》里那个“要是有一杆真枪就好了”的女民兵石玉兰，无情地拒绝男友赵虎献殷勤给她真枪时的场面时，都让我倍加羡慕。要是我，别说给我枪了，L 君能跟我说句话我就满足了。

因为我经常半夜借着路灯一个人做手工，多少引起了 L 君的一些关注。有时他会远远地与我打个招呼然后若无其事地径直回家，有时他会走到我身边问我几句无关紧要的话。不管他问什么，我的心因为跳得厉害回答的声音总是发颤的。过后我只恨自己没出息，甚至担心他会不会觉得我有残疾而不喜欢我啊？

总之我是早上一起床就开始琢磨：今天晚上如果遇见他的话，我一定用清晰漂亮的嗓音回答他的每一句话。那时的我，每天盼着快点到晚上，我恨不得每天只有晚上就好了，简直就像掉了魂似的。

3. 心计

1976 年 7 月 L 君高中毕业下乡，我是 1977 年 7 月高中毕业下乡的。我与他虽然下乡都在孙旗屯公社御驾沟大队，但是因为我和他不在一个小队，所以我仍然没有一个与他正面接触的机会。为了寻找可以与他接触的机会，我绞尽脑汁、苦思冥想，却不得门路。

后来孙旗屯公社知青带队队长刘福来见我填写的“下乡履历表”上的字写得很工整，就抽调我去公社帮忙抄写文书。这中间我也见过几个男生，但是他们与我的白马王子L君都是不能相比的。

真是天赐良机，1978年7月全国大学招生考试我和他都参加了,并都过了大专分数线。当年对于过大专分数线的考生都是由河南省高招办公室将考生本人体检通知单寄往所在单位。于是八月上旬的一天，我和他的体检通知单都寄到了公社。我一把抢过他的通知单告诉他们：“我知道这个人，我给他送去吧？”当时公社正好也懒得派人送到L君所在的大队，就允许了我的请求。

我拿着他的体检通知单别提有多高兴了，因为我的机会终于来了。我把他的体检通知单贴在脸上，好让我发烫的脸得到一丝凉意，我又把他的体检通知单贴到胸上，好按捺住我的心不要让它跳出来。在我眼里，L君是那么地完美、那么地富有魅力、真的是让我欲罢不能。

下班后，我开始盘算着应该如何把体检通知单交给他？而且不能只是交给他就完了，还得寻找一个能让他与我单独接触了解的机会。这个现在看来很简单的事在当时并不容易，因为当时男女之间不是随随便便就搭话的,更不能直接去异性的家。

因为我从来没有与他的父母打过招呼,所以如果我去他家他不在家的话，我就不得不把成绩单交给他父母，否则我无法向他的父母解释我冒然去他家的理由，这样就将失去我与他接触的机会了。所以我必须要做好两件事：第一，我一定要在他在家的时候把东西亲手交给他，第二，我必须要找一个让他明天心甘情愿地与我单独接触的理由。

终于等到了晚上十点多，我先是躲在暗处看见他回了家以后，我便闪身出来战战兢兢爬上了他家的楼梯，开始敲他家的门了。这个敲门机会来得真是太不容易了，我暗自给自己打气：一定要演好这場戏，台词我都已经背得滚瓜烂熟了。

4. 失眠

听到敲门声，他的母亲开了门，一脸不解地问我："你找谁呀？"他的母亲身材瘦小，但与他父亲一样都是我们厂的高级工程师。我的声音还是有点颤抖地说："我姓张，我在孙旗屯公社帮忙，看到了L君的高考体检通知单，我是来给L君送通知单的。"

他母亲听后马上兴奋起来，一边高兴地对屋内激动地喊道："L君，你考上了，快出来，小张来给你送通知单来了。"一边连忙让我进屋里坐。我当时双手冰凉、双腿也在不停地打颤，站都快站不稳了，哪还有力气迈开脚进屋啊？所以我连忙谢绝，等待着那激动人心时刻的到来。

随着他母亲的喊声，我听到了那个让我无比想念的人的声音："啊，真的？谁送来了？"顷刻间他出现在我的面前。我还是头一次与他这么近距离说话，感到两腿发软、两颊发烧。以前我们在楼下虽然说过几句话，但我从没好意思正眼瞧过他。

我这次仔细地看了他一下，发现他不仅有一双睿智的双眼，高高的鼻梁下还有一个很有棱角的嘴唇。整个面部神情加上他那一米七八的身材简直是美不胜举、世上无双啊。他看了我一眼后说道"噢，是你啊？"他这一看把我的心都看酥了，我浑身无力几乎要瘫倒在地。我吸了一口长气努力使自己镇定下来说道："这是你的体检通知单，我也考上了。因为体检要开单位介绍信，明天我们一起去大队开介绍信吧？"他那双充满智慧的双眼看了一下体检通知单后立刻说："不用开介绍信吧？不就是按时间去检查身体就行了吗？再说我刚好明天有事啊。"

看到我的希望马上要成泡影，我连忙说："我大哥也考上了，我哥单位要有单位介绍信才可以去体检的，我们还是去大队开证明吧，证明我们行为端正没有历史问题，否则到时不让我们体检再回来开介绍信就来不及了。”他母亲听后立即说：“对，小张说的对，你明天什么事都不要去做了，跟小张一起去把介绍信开出来，以防万一。”他还是有点不太想去，我又煽动了几句，在他妈的命令下，他终于同意明天与我一同去开介绍信了。

约好时间以后，他妈特意嘱咐他：“你明天就按小张说的办。”又转脸对我说：“小张，麻烦你明天一定把L君的事也办好，谢谢你了。”我连忙答应下来，之后赶紧落荒而逃，我都不知道自己是怎样回到家的，我甚至怀疑我是不是爬回家的？

晚上，我躺在床上一会儿为自己今天的计谋得以成功而得意，一会儿为明天终于可以与他单独相处而兴奋，一会儿又想像着明天遇到什么情况该说什么话？一会儿又考虑再找一个什么样的借口也好与他约定下一次见面的时间？

整个夜里我翻来覆去，开始了人生中的第一次失眠。

5. 梦绕

第二天早上，我睡眼惺忪地起了床，胡乱扒拉了几口饭后，就早早地下楼，推着自行车在楼下等他。一切就绪以后我和他开始上路了。

从我们住的楼到我们下乡的御驾沟大队骑自行车的话，一般要四十分钟。为了能够延长与他在一起的时间我特意骑得很慢，而且稍微有点坡我也坚持要步行，就这样磨磨蹭蹭走了一个多小时。

这天阳光明媚，天气炎热。沿途上他那男性特有的阳刚之气扑面而来，把我紧紧地罩住，让我感到魂飞魄散。他那均匀的呼吸声让我感受到了男性身上所散发出的那种强壮之力，它简直就像磁铁一样紧紧地吸着我。那种少女被异性初次吸引的感觉真的是太诱人、太美好了，使我至今记忆犹新、永生难忘。

还有他那骑车时的神情、握着自行车车把的双手、以及他蹬车的双脚等等一切的一切是那么地好看、那么地协调、简直就是神造就出来了他的一举一动。豫剧电影《朝阳沟》里银环与栓宝一同回栓宝家时，两人在路上又说又笑，见花论花见草喻草的场景，充分地表现了两人愉悦的心情。而此时的我哪里有心思去看路边的花草啊，光看他都觉得眼睛不够用了。脑子里想的、心里念叨的全是他，甚至觉得我的呼吸都是为了他。他真是我理想中的白马王子啊，如果能每天这样与他在一起就好了。

一路上我只顾欣赏他了，我们怎么去了大队、又怎么去了公社？我都不记得了，只记得到大队没有找到人，又径自去了公社。后来公社说体检不用介绍信的，我们只得转头开始回家。我开始向他道歉：“对不起了，让你白跑一趟”，他立即说：“没啥，来一趟安心了。”

从公社回家有个长长的大下坡，我看着这个下坡简直就像看到个魔鬼，因为它将使我们回家的速度加快。我从车上下来，推着车说道“L 君，我不敢骑下坡路，你如果着急回家，你先骑回去吧！”他立刻说“没关系，我今天也没什么事了。”

我使尽浑身解数也没能使时针停止，下午一点多我们到了居住的楼下。临别时我终于鼓足勇气对 L 君说：“我家的收音机声音不太好，我爸爸一直想找人修修，你能不能帮忙看一下？”他听后欣然应允，并与我一同回家取收音机。

当时正值放暑假，我父母因都在学校工作，也正好放假在家。进了家门，我向父母说明 L 君来家的缘由后，父亲很高兴地向 L

君讲着收音机的毛病。看到父亲与他说话是那么地协调，我甚至觉得L君已经是属于我的了。一丝微笑飘过我的心房，我心花怒放，心里喊道：L君，你在我家多呆一会儿吧！

他走了以后，我便开始盘算着他哪一天可以修好？嗨，管他什么时候可以修好，反正他还得再来我家一次。我整日陶醉在还可以再见到他的喜悦中，反反复复地想着他来时我应该怎么表现？

第三天傍晚他抱着修好的收音机，终于踏进了我家的门。他进门后只与我打了一个招呼，与父亲交流几句后便要告辞了。我急忙想去阻拦，父亲却已把他送到了门口。我准备了一肚子的话没说上一句，委屈的蒙上被子大哭了一场。父亲为什么看不出我的心事、不挽留他一下呢？这以后我还怎么与他再次相约呢？

从那以后我每天白天想他、夜里梦他，叫天天不应、叫地地不灵，苦苦挣扎度日如年。我几次想去他家找他又苦于没有借口，又怕招惹他不高兴，怕他不愿意见我，因为如果惹他讨厌的话岂不是更遭了吗？

6. 断念

后来我考进了洛阳市师范学校，他进了洛阳市建材学校。由于当时我的那个学校不知什么原因新生入学时间一拖再拖，迟迟不开学，我整日在家闲着无聊便更加地思念他。

他的学校已经按时开学了，他一周从学校回家一次，当时没有电话与他联系非常地不便。虽然我们住一个楼，但我真的没有勇气去他家找他，更不敢在外面等他，我已经受不了站在外面那种望眼欲穿的折磨了。

有一次我父母要回老家探亲，家里将剩下我一个人。我想让他来我家坐坐，可是又不敢当面直接邀请他，我真的害怕他会拒绝我。我急忙给他写了一封信，决定发往他的学校。信中写明我希望他本周六下午 1 点钟能来我家一趟，理由是我有点事想与他商量。我怀揣着希望战战兢兢地把信投入了邮箱，捂着脸跑回了家里。他会接到我的信吗？他会来吗？我每天反复思考着这些，什么也干不了。

周六那天下午将近 1 点的时候，“咚咚”，终于听到了敲门声。我飞快地去开门，此时我的心已经冲出了胸膛，我用我的心捧着他把他小心翼翼地放在了我对面的椅子上。

屋里就我们两个人，我先说了我的学校总不开学，顺便问了问他的学校怎样，是否可以转到他的学校之类的话。随后我话题一转，问他：“听说你以前班里有个从上海来的女学生，你们关系不错？”他立即笑了两声说道：“没有的事，人家只是在班里待了一个学期，有时与我用上海话说话，同学们就乱开我俩的玩笑。”我又问“你现在的班上有女同学吗？有没有你喜欢的？”他又笑着说“我们刚开学，哪儿会想到这些事？”

这次交流使我确信他还没有找女朋友，也增加了我的一些胆量和信心。我想我得正面进攻了，否则过了这个村就没有那个店了。

转眼间到了大学二年级，我已经将近 21 岁了。我与我最好的闺蜜胡姐商量好，约 L 君一同去王城公园看牡丹，借口是：我们不会照相，想让他帮忙照照相。于是我给他写了一封信，约他周六回来以后与我一起去我大哥家拿照相机。他如约前来，我与他一起去大哥家，简直就像是一对情侣。我当时的大嫂也是南方人，一看来了个这么好的南方小伙子，非常热情，二话没说就把照相机给了我。第二天我和闺蜜还有 L 君三人去王城公园一起度过了一个愉快的周日。

闺蜜看过他以后说：“不怎么样嘛,太一般了，哪里好啊？”可是我就是喜欢他,就是情投于他。过了不久我又给他发了一封信，信中写道：听说涧西区下周演日本电影《华丽的家族》，我因为要期中考试没有时间回去买票，你能否帮我买两张票？到时咱俩一起去看吧。

他接到信后，拿着两张电影票到洛阳市师范学校找我，我们一同骑车去五号街坊的电影院看了电影。整个相处过程中如果我不先说话，他几乎不先开口。我看得出他不是很情愿。我有点生气，觉得论长相、家庭、学历我没什么配不上你的,你有什么了不起啊？我还求你不成吗？

这个时候我现在的丈夫 D 君开始向我敲门了，我开始尝试着移情别恋了，D 君对我一片忠心，渐渐地抚平了我内心的伤痛。香港电影《三笑》里唐伯虎有一句台词:有情的太有情，无情的太无情。真的是说得太妙了。我想每个女人都会遇见这样的两种人，婚姻的成败就是看你想要什么？怎么选了？

九十年代又出来了一句经典话，叫做:找一个爱你的人做丈夫，找一个你爱的人做情人。这句话充分地给予了当代年青女人在爱和婚姻的选择中得以冠冕堂皇、合乎逻辑的道德理论依据。可是在当时的八十年代中，我们的婚姻道德意识中是没有“情人”这个说法的，即使在现在如果没有物质诱惑，估计想做男人情人的女人也不多。因为那将带来很多问题，特别是事情暴露之后给予孩子们的伤害。

与 D 君结婚的前一晚，我自己正式地对自己说：再见了，L 君。之后我有了孩子，又去日本留学读书。渐渐地他在我的脑海里只剩下了外壳，甚至有时候我很为自己当时的机关算尽而感到好笑。因为他后来的发展不是很顺利，任何方面也没见什么大的起色。“旁观者清”闺蜜对他的评价也许是对的，他确实太一般了。只是在我的少女时代所持有的那颗纯洁的、燃烧着炽热爱情的心里他被放大了不知多少倍。

7. 邂逅

我结婚五六年后 L 君也要结婚了，对方是洛阳玻璃厂的一位女技术员。

因为当时我姐姐是 L 君单位的上司，他到学校来找我帮他说情，让姐姐能够照顾他分给他一套住房结婚。我欣然同意，与他没多说半句话，他后来如期结婚，可是后来在女儿很小的时候他与妻子离了婚，他自己一直抚养着女儿，再未结婚。

我在日本的一所大学工作以后，有一段我每年带日本学生回洛阳进行家庭友好访问。他找到我，也要求我能派两个日本女学生到他家里做访问，让他女儿也见识一下。我欣然同意后他很高兴，对我说：“你去日本了以后，有一天我去你老公单位办事，看到他的办公桌上放着日语书，听别人说他也马上要去日本了，我半天都没有缓过劲来。我想那个机会要不然就是我的了。”我听后只是微微地笑了一下，没有说什么，因为一切都已经过去了。

我没有感到与他分开有什么遗憾的。常言道：少女的初恋是难以忘怀的。的确是这样，少女初恋时的那段沁心入骨的感觉，那段柔情蜜意的感情是终生难忘的，但是少女初恋时的“他”却并不一定是忘不掉的。

近几年我虽然每年从日本回洛阳两次，但已经很久没有见过他了。2015 年 8 月我回洛阳的某一天正好与闺蜜胡姐在饭店吃饭时，偶然遇见了他。胡姐急忙招呼他，我装着没看见。后来他走到我们桌前，笑着说:“洛霞怎么还装不认识我呀？”我忙说:“哪里？是我没想到会这么巧。”闲聊几句后，知他至今一人，女儿去年大学毕业，他还在原单位工作，在等退休。

我现在有时回忆起当时的痴情时，总会会意地一笑。因为我与L君的相识葬送了我美好而纯真的初恋：一颗向往美好爱情并闪烁着青春活力的纯洁的心。

当我真正开始恋爱时已是为了结婚而恋爱，问题一直接处理起来就方便得多了。那种少女初恋时所特有的心跳、脸红、彻夜难眠、魂牵梦绕的感觉已经不见了踪影。我不知道是因为年龄大了？成熟了？还是少女初恋的感觉只有一次？

总之不管怎样我现在之所以能与我的丈夫D君拥有一个完整的家，拥有三个可爱的孩子，这与我是从初恋的苦涩中走出来的有直接关系的。

也就是说我学会了理智地处理问题了。

第Ⅱ部

追　梦

演讲

1982 年大学毕业后我被分到了父亲所在的矿山厂子弟中学当了一名数学教师。我们当时是改革开放后第一批正规大学毕业的大学生，其余的教师们要么是工农兵学员、要么是从工厂挑来的，就像我姐姐当年从农村下乡回城后也被选中当教师了，可姐姐当时说什么也不愿意当老师。

1. 数学教师

我所在数学教研组里有个男性齐老师的办公桌与我的办公桌相邻。齐老师是纯粹的上海人，言谈话语中多少还是有点傲慢的。所以齐老师即使没有什么大学文凭也有点目中无人，经常在办公室里高谈阔论的，好像没有他不知道的。

齐老师虽然是数学教师，但是他很喜欢文学。他曾经对我们说:“我小的时候与哥哥都喜欢京剧，只要我和哥哥在门口一唱京剧，一个街道的人都会过来听。”齐老师当时说着说着还在办公室唱了几句。现在想想，估计齐老师和我一样，都属于精力充沛、办公室里“装”不下的人吧？

我和齐老师一样，每周 12 节数学课。当时我们每天除了要批改数学课的课堂作业以外，还要批改很多数学家庭作业，这些作业整天批得我头都是痛的。看我每天批改作业处理问题手脚麻利，齐老师经常感叹“我就佩服张洛霞老师，她那个办事之快简直是太神速了”。我不知他是讽刺我？还是见我是校长的女儿而献殷勤？总之我从没向父亲提过某某老师好，或是某某老师不好之类的话。

后来函授大学教育风行，国家允许工人教师通过函授学习拿到大专文凭以后可由工人身份转成干部身份，齐老师马上与我们学校另外四名教师一起去上了河南大学本科函授汉语言文学班文学专业。

大概是 1985 年我父亲已经调到厂教育中心处(拥有一个工人大学、一个技校、一个职工中专、一个中学、三个小学）担任处长。因为我当时不想虚度光阴，就在工作之余想看看日语书。其实当时在上班时间上完课以后看看报纸、看看杂志、打打扑克、下下棋、嗑嗑瓜子都是常有的事。可是我上班看日语的事竟然被告到了校长那里。校长特意提醒我要安心工作，不要做与教学无关的事。我听后义正词严地辩解道:“我又没有耽误工作，只是不愿意与她们在一起东家长西家短的背后议论，更不愿与她们一起上班打扑克。”校长说:“你就是与她们打扑克也不要看日语”，我听后真的很无语。本来我看日语只是出于一种爱好、一种兴趣、一种对时间的珍惜，怎么就和不安心工作联系上了呢？怎么就可以打扑克而不能看日语了呢？

1987 年为了丰富学生生活，更为了证实我热爱工作，我打算组织一个演讲会。因上海人齐老师活泼热情，所以我特意让齐老师叫上校长办公室主任 H 君(因为听别的老师说 H 君写的文章不错)，还有其他三位教语文的老师一起在学校搞了一台“前无古人后无来者”的演讲会。

2. 初露头角

当时演讲会的演讲者是三位语文老师和齐老师以及校办的 H

君共五人讲的，我是主持人我没有讲，因为我是数学老师，觉得自己也不会讲。齐老师虽然也是教数学的，但他喜欢文学而且能说会道，所以才有了以后的弃数投文，改成了语文老师。

演讲者都是即兴发挥，来听演讲的老师和学生们挤满了一个大教室，连门口和窗口都站满了人。哈哈，在这里透露点秘密：老师们是我一个一个教研室拜访请求他们来的，当时我是磨破了嘴，只差没给他们下跪了。

因为从我进入这个学校以后，学校从未出现过由老师自发组织的演讲会，所以老师们当时也是想去看看热闹的。没想到会場如此空前绝后，几个演讲者慷慨激昂，听众发自内心的鼓掌估计对演讲者来说也是只有这一次。齐老师当时坐在我旁边，小声地对我说："这个演讲会办得太好了！太好了！这么多人来听真是没有想到。"

那几个演讲者都讲的什么内容我一点也记不得了，因为我当时必须要思考如何把他们几个演讲的题目进行巧妙的客串和衔接，所以就没有仔细听他们演讲的内容。我只记得校长办公室主任 H 君讲的是他教女儿拉小提琴进而引导女儿的事。他口才不错，完全不亚于那几个语文老师。

因为 H 君是校长办公室的，属于"领导"，所以我对他最为客气，特别注意了他演讲的内容。觉得这领导也是人啊，也有人间之情啊，他的语言表达能力还是不错的。

这个演讲会也培养了我闯荡江湖的信心。所以我们每做一件事都不会是白做的，这个演讲会对我一生的影响是我当时无论如何都猜想不到的。我现在经常教育我的学生：多做事必有好处。

3. 受宠若惊

第二天厂团委朱副书记直接到学校找到了我，问我是否愿意去厂团委工作？他说:“现在热衷团组织工作的人不多，像你这样自己主动组织演讲会真是不多见的。厂团委缺乏一个可以打开工作局面的人，我们正准备在基层寻找骨干力量，昨天我们看了你的演讲会，觉得你就是我们要找的人选。”

我一听受宠若惊，觉得真是喜从天降啊，因为那可是科级干部待遇啊，我是不是要时来运转了？当时我正不受校长待见正急于逃离学校的，于是欣然应允。朱副书记又说：“希望你来了以后能给厂团委工作打开局面。”我就像是一个战士一样说道:“尽管放心，我一定加倍努力工作。”

随后我马上回家兴奋地把这件事告诉了母亲。那几天我虽然觉得每天很漫长但却很甜蜜，我盼望着早一天可以拿到去厂团委工作的调令。母亲那几天一见我回家也总是开玩笑地说：“哟，张科长回家来了。”

过了几天厂工会主席找到我，说是厂工会要进行职工演讲比赛，让我去当主持人。我说：“行，没问题。”从层层选拔赛到最后决赛，我不知道我主持了多少次演讲？只记得那一段我的“去掉一个最高分，去掉一个最低分”之类的话音响彻了矿山厂的整个天空。演讲会后找我签名的、取经的、搞得我都不知道自己姓什么了？

过了几天洛阳市要进行演讲比赛，厂工会周主任让我挑几个人去参加比赛，而且还特别嘱咐我要我也一定上台参加演讲。当时我很纳闷，觉得我根本不是演讲的材料。可是周主任却说我可以的。我找到 H 君并叫上了王老师、周老师四人前往（因我和 H 君觉得齐老师的题目不够吸引人就没有叫他)。我这次是演讲者，不是主持人。我讲的题目是“绿叶”。我用平凡的语言讲了自己作为一名普通教师是如何看待教师这个职业的？我又是怎样工作的？因为我没有受过正规的语言修饰教育，华丽语言不会用，所以我演讲的整个语言都是朴素、真诚、简单、流畅，就像我在讲故事一样。而H君他们三人感情充沛、语言丰富、抑扬顿挫等掌握得很好，个个都发挥到了极致。

过了一周后，比赛结果出来了，我得了洛阳市演讲比赛的二等奖，与我一同去的另外三位老师名落孙山，什么奖也没有得到。因为是我鼓动他们去的，所以我感到很不好意思，一个劲地向他们道歉。而别的老师见到他们三位都开玩笑地说："你们三个语文老师竟然不如一个数学老师，不如回家卖红薯算了！"

看到结果后我明白了为什么当初周主任一再强调让我去演讲的理由了。周主任以前是我们厂宣传队的相声演员，估计他是从演员的职业习惯上看出来我多少有点表演才能了吧？

4．无声无息

人往往是这样，得意之时也是失意之时，不知为什么我最终没有拿到调我去厂团委的通知。

为什么没有等来通知？有的说是因为我父亲是教育处长，调我去团委怕被说成是"开后门"。也有说是因为当时在厂团委担任书记的董书记不同意。

董书记的妻子小谢就在矿中工作，而且我与小谢的关系还不错。至今我们还一直相处得很好。我当时以为我去厂团委已经是板上钉钉的事了，所以也就没有问小谢。现在回想起来，当初问一下小谢就好了。

演讲风潮过了以后一切平静了下来。我照例在学校教书，照例在搞好学校教学工作的同时自己学习日语，一切还是按照原来的样子进行着。

2002 年原矿山厂团委董书记托我照顾他在日本名古屋留学的儿子时，我才笑着与他谈及了这件事。因为已经时过境迁，我也只是出于好奇问问而已。董书记说他没有听说过这回事。董书记还笑着说:“如果当年你去了团委,估计就不会出国了,那我的儿子现在也就没有人来照顾了。”

不过我现在想想估计当时也许是父亲阻止了，因为父亲已经因为自己的校长职务和地主出身在文化大革命中让孩子们吃尽了苦头，所以父亲不想让我去搞政治，父母一直觉得女孩子当个教师最好。我 1990 年出国去日本时，父亲还说：“你从日本回来后怎么办？教师工作也没有了，多可惜啊。”

我当时没有回答，因为我坚信我如果从日本回来了，一定可以找个比教师更适合的工作。

下海

“下海”是中国八十年代下半年的流行语。意指辞去原有的安定工作自己搞经营投身商海的一种个人行为。1988年“下海”经商意识已经开始悄悄地在人们的脑海里萌芽了，但是大多数人还在观望。因为当时在外面开饭馆、摆摊卖货还都被认为是没有正式工作之人的糊口之举。

1. 开店

当年在矿山厂有两个男员工办理了留职停薪，都是在经营餐馆。这件事一时在矿山厂成为了人们茶余饭后的闲谈。后来这两个人的事业也发展得不错。遗憾的是，几年以后一位杨某骑着摩托车去要账的时候，出了交通事故丧了命，一位周某不知道因为什么原因自杀身亡了，这是后话了。

那个时候,职工住房都是由所在单位按员工年龄和工作年限来考虑分配的。由于僧多粥少房少人多,我和丈夫根本排不上队。于是我和丈夫加上女儿一家三口只得住在学校院内一个不足十平方米的平房小屋里。

这间小平房以前是学校装东西的仓库，阴暗潮湿。屋里摆上几件必须用的家具和床以后，已没有可以下脚的地方了。女儿小雪学会走路以后，一进屋就得脱鞋上床，否则屋里没有立足之地。特别值得一提的是：屋里的老鼠竟然也在我们面前大摇大摆地窜来窜去，摆出要与我们决战的架势，大有说不准谁会打败谁的势头。有一次,一只老鼠竟然在啃女儿的小脚丫,幸亏被丈夫及时发现,不然的话也许就造成了我们做父母对孩子的终身遗憾了。

当时厂里的工人们由于奖金高，生活水准比老师要高。有些青年自己或是在父母的援助下在附近的农村租房居住。我和丈夫都是教师，工资还是比较低的，因为也不愿给父母添麻烦，所以没有足够的钱去外面租房，只有蜗居在这间小屋内。可是我的心并没有被蜗居，我时刻想着如果自己手里有钱的话，也一定住在稍微宽敞一些的房子里。那一段我一直在琢磨：怎样才可以挣到钱？

1988 年 5 月的一天我与丈夫去一位亲友家玩。亲友说起单位领导想要给单位买个冰箱，可是当时冰箱缺货买不到，他就买了一个冰柜，而且价格便宜。可领导不是很想要，商店又不给退货，他正在烦恼。见我们去了后，他半开玩笑地说:“干脆卖给你们吧，你们卖卖冷饮挺好。”我一听：“何尝不可呢？”丈夫刚开始不同意，说我是瞎胡闹，后来经不住我的枕边风，只得同意。

于是我们以丈夫父亲的名字迅速办理了经营许可证(因为那时丈夫父亲已经退休,可以自由从事商业活动)，进入六月后我和丈夫已经在人来人往的菜市口（离校门口不远）摆摊开始卖冷饮了。白天,我们雇了人帮忙在摊上销售,只是进货以及晚上的看摊就得由我们自己打理了。

2. 营销

一个中学教师竟然在外卖冷饮，这个行为在当时看来是大逆不道的、无法想象的。什么“别人可以过，我们也能过，干嘛去丢人现眼的？”、什么“不务正业学校应该制止”等等说什么的都有。就连我父亲买菜也舍近求远绕道而行，大姐也时常在远处看看，担心没有客人来买。校长更是严肃地警告说:“如不停下来就扣你奖金。”我当时已全然不顾：走自己的路，让他们说去吧。

为了展示我的销售战略，一下班我换上一身白色裙子套装，脖子上戴一条白色珍珠项链，胸前佩戴一枚红色胸针，显得美丽而質朴，典雅而大方。

这身打扮在当时是绝对地领衔服装潮流的，因为我坚信人们是需要美的东西，人们也喜欢与美的接触。我的美丽装束、笑容可掬的服务态度使销售额直线上升，一举突破了我的赢利计划。

路过的朋友们有时候会抱着孩子远远地往我这里看看，有的也走过来与我聊几句，也有的站到我的摊上，体验一下做老板的滋味。与我在同一办公室工作的王老师有一天也对我讲了这么一件事，昨晚她与她老公小杜散步路过我的冷饮摊对面时，小杜往我的冷饮摊那里看了一眼就走不动了，她问小杜：“你不是见过洛霞吗？有什么好看的？”可小杜说：“你看人家洛霞那身装束、气质，简直是太美了！人家这么能干你们凭什么背后说人家洛霞不务正业不该摆摊？你们自己不敢干还讽刺洛霞。”

后来王老师的老公小杜辞去了工作去深圳发展了。我当时的行动启发了我几个朋友的“下海”意识，过了一两年以后，我的几个朋友也下了海，估计小杜也是受了我的影响而下海了吧？

有一天我的一个好友来找我，问我如何注册营业执照？并告诉我她舅舅在洛阳市工商局当官可以办证，还说他老公不同意，她决定自己办。她当时对老公说:“你看人家洛霞办得不是挺好的吗？”她老公立刻就说:“洛霞是洛霞，洛霞能干。你能和洛霞比吗？”

“洛霞能干。你能和洛霞比吗？”。这句话我听过不少人说，包括丈夫的好友梁老师说给妻子，以及丈夫的姐夫说给姐姐。就连我工作过的后任中学校长朱某后来在教育年轻教师时也说:“你本事大？你能干？你能比得上洛霞那样能干吗？”

有一天我姐姐还告诉我说，她那天坐公交车时听到有人在议论：“以后国家让自己买房，可是咱们哪里买得起啊？只有张洛霞可以买起。”

所以那个时候我也成了街头巷尾的一个闲谈话题了。

3. 灯展

这一年的十月份在河南省省会郑州市举行大型灯笼展览会，矿山厂派出一个灯笼展览代表队奔赴郑州参展。教育中心有一个“鲤魚吹球”的灯笼被选中参加郑州灯展。那个灯是丈夫学校段老师利用物理原理做的：一条弯弯的魚吹着汽球，那汽球悬空着落不下来。魚是用钢架子做成的，鱼被上可以承载一个四五岁小孩的重量，这在当时还是很新颖的。

教育中心派了我和丈夫学校的蒋老师前往，矿山厂销售处摄影师小箫也去了。参展的第一天晚上我们只是在旁边维持秩序，怕碰坏了灯。这个晚上我发现那个“鲤魚吹球”灯笼还是很受欢迎的，不时的有小孩坐在上面。特别是那个气球总是掉不下来，吸引了不少人的围观。

1988 年的当时，照相机还不是家家都有，有几个人想给孩子留个影而苦于没有照相机。晚上收工后我立刻叫来了小姜和小箫，动员他俩明晚开始经营照相，一张收费三元。他俩开始有点怕，我说：“不用怕，有事的话你们俩往我身上推。”谈完后我赶紧设计了取照片的条子，上面写明取像日期和地址（就是我们住的宾馆的地址），第二天我们正式开工了。正如我们所预料的那样：照相者个个眉开眼笑络绎不绝。灯展带队领导刚开始还想来制止我们这三个年龄最小的小鬼的“投机倒把”活动，后来一看老百姓连连称好踊跃照相付钱也就不说什么了。

五天展览结束后，我们三人一人分了一百五十多元钱得意地回来了（当时我们的月工资是每月不足一百元）。蒋老师先回到我丈夫单位后立刻对大家进行了“坦白交待”，并把我吹嘘成了神仙。与我丈夫关系好的李远胜老师一下班径自奔到我家，见到我张口就说：“小张，你真是太有经济头脑啊，蒋老师一个劲地给我们说，张老师真是太能干了。”

后来各单位也已经开始有了经商意识。一周后，丈夫学校指派丈夫和段老师去湖南进了一批苹果拉回来卖，想搞点经营赚点钱为老师们增加点福利。丈夫学校还特意嘱咐丈夫一句“让你老婆帮咱们策划一下”。

那个时候在我们厂，我的名字俨然成了一个经商的代名词了。现在想起来这些觉得真的是很值得回忆的事啊，也看出来我的确是有点“不甘寂寞”啊。

虹

1990 年 1 月 21 日，我坐上了从上海飞往大阪的航班，以自费留学的身份开始了异国他乡的闯荡之路。

在当时像我这样没有海外背景的人要想出国简直就是天方夜谭。与我同时代的中国人常问我是如果得以出国的？我的很多日本朋友常问我为什么要放弃数学教师工作，抛下丈夫和幼小的女儿独闯日本？我的学生也经常问我是怎样学日语的？

我想，要回答清楚这些问题还得从我是如何接触日语开始讲述为好吧。

1. 意外之举

记得我很小的时候，有一天看家中的《大众电影画报》时，里面有一张照片引起了我的好奇。画面上一个头上缠着写有“中日人民友好”白条的日本妇女与一个中国妇女在拥抱。这是怎么回事？我当时以为“中日人民友好”这几个字是中国语，但却不明白那位日本妇女为什么要把白条缠在头上？

中学到高中的四年之中，我在矿中学校图书馆只借过一本书，那本书的书名叫《川岛芳子》。从这本书中我知道了日本人也使用汉字，但是第一次真正看到日语还是在大学时代。

1978 年我考入洛阳市师范学校。当时我们这一届有两个数学班，一个化学班，一个语文班。我们两个数学班和一个语文班共十四名女生同住一个由教室改造的大房间。

我和王姐住上下铺。王姐家和我家同属于涧西区，王姐的父亲是我们厂著名的高级工程师，所以我和王姐最为要好。

一天，宿舍里就我和王姐两个人。我站起身来邀请上铺的王姐一起去吃午饭，她一边答应着一边放下手中的书起身下床。我还以为王姐在看小说，便随手抓起书来看了一眼。哪里知道，这一个“随手抓”的意外之举竟成就了我的异国事业，改变了我的命运，而且使我在日本又生了一男一女两个孩子。

那是一本日语杂志，我非常的惊奇。因为当时那个时代，学英语的人都是不多的。学校学生食堂里放有一台电视机，每天中午都播放郑培娣的《英语讲座》以方便想学英语的学生。我忙问：“王姐，你日语也会啊？”她忙说：“以前我跟着我父亲的一位朋友学过一点，我也不怎么会。不过，他总是说看不懂没关系，强迫自己坚持着往下看慢慢就会看明白的，我现在就是按他说的做的。”

因为王姐比我大，所以我对王姐一直很尊重。这件事使我觉得王姐真是太厉害了，同时也使我第一次看到了真正的日语。那里面汉字一大堆，当时真的想让王姐告诉我这上面都写着什么？可是又没好意思开口，只是产生了想知道一下日语到底是什么样子的一种好奇心。

2. 初学日语

1982 年在国家的“早出人才快出人才”的号召下，改革开放后第一、二批大学毕业生走向了工作岗位。当时不仅在学校掀起了学外语拿教育职称的风湖，就连企业内员工的转正、晋级都得有门外语级别证才可能给予考虑。

为了使企业技术人员、员工们可以晋级，有条件的企业纷纷办起了职工大学、职业中专、职工夜校等五花八门的学校，总之为想学习的年青人提供了一切可能的机会。矿山厂的职工教育夜校也开设了英语班、法语班、还有日语班，只是我全然不知。

我有一个闺蜜，她也是洛阳市师范学校的，比我大一岁。学的是英语，毕业后也分到了矿中教英语。因她与我的 L 君是同一届高中生，所以我经常与她谈 L 君的事。有一天，我约闺蜜晚上一起去看电影，她说她晚上要去上日语课。问明后我说我也想去，她说："已经开课五天了，报名昨天已经截止了，教室也已经坐满了，不过我今晚去问问还有没有名额？"

听说后我立刻告辞去找我的男友 D 君（也就是我现在的丈夫。他当时就在职工教育学校那里工作），我问他："你们学校有日语班，你怎么不告诉我？"他说："我不知道你要学日语啊？你也没说过呀？"气得我又强辩道："有这样的好事你也应该先问问我呀？难道我什么都得先告诉你吗？"他听后马上带我赶到学校去问日语班老师，老师说："这批已经满了，下一批一定给你女友报名。"我听后气得甩手就走，他办公室的年青人见状后对他伸下舌头开玩笑地说："你吃不了兜着走吧。"

第二天我无精打采地去上班，闺蜜找到我说："我昨晚问了没有一个名额了，如果你真的想去？我就不去了，你顶我名额去吧，正好我去了几天也没什么兴趣，我刚参加工作也挺忙的。你先学，我下批再去，以后你学会了也可以教教我。"并告诉我五十音图（即日语发音表）已经学完。还将她的上下两册日语教科书给了我。我喜出望外，当即付给她五元人民币的书费。

我当时也真的以为反正还有下一批，到那时她再去也可以的。可是谁知道夜校只办了这一批，永远没有了下一批。因为日语班刚开班时是两个班一百二十人，一年以后只剩下十二人，所以学校就再也不开日语班了。

这件事让我什么时候想起来都倍感不安：是我使得闺蜜中断了日语学习，而她的善良我却没能回报。记得我从日本第一次回国就到矿中去看她。我一走进她的办公室，别的老师一下子围上了我问这问那，她却没有走上前一步，脸上一点表情都没有只是远远地站着看着我。我几次都冲着她笑问她好，她没有任何反应，更没有回答一句。

我感觉她是不想见我。我和她曾是无话不说的闺蜜，怎么她现在不理我呢？我包里还装着给她买的礼物也无法交给她。至今我也没有再见到她，她对任何人也再没有提过我一句。

我想一定是我当年夺走了她的学习机会，否则去日本的也许是她而不是我。可我真的不是有意强取豪夺的。至今为止我每每想起她心里就充满了自责，希望她能原谅我。

在日语班我终于开始了我一直梦寐以求的日语学习。虽然那个日语班是为工人和技术员们晋级拿证开设的，每周三晚每晚两个小时。书里也多是有关工业方面的单词（会话是一点没有），书后作业主要是将日文翻译成中文。但是在那里学习的日语为我后来的日语学习打下了基础，使我终身受益。

3. 确定目标

将近一年多的日语学习，我没有缺过一次课。这中间我经历了结婚和怀孕。临近结业考试时也正是我妊娠反应厉害的时候，我预备了一个呕吐袋和一瓶水勇敢地守住阵地，拿到了日语学习结业证。虽然这个结业证对当时已是教师的我毫无用处，虽然单单这次的学习也不是就能走出国门的钥匙（因为这一百二十人中只有我到了日本），但是它是我万里长征走完了第一步的一个见证，是我毅力的一个象征。从那以后我一直沉浸在做母亲的幸福中，每天照看女儿一刻都不想让她离开我的视线。

1985 年 5 月，我母亲病倒了。家里父亲和大姐以及三个哥哥决定一同陪伴母亲去武汉看病。我的女儿当时 1 岁半，所以我留在家看家。父亲和母亲不时地在商量：去武汉要去多少时间？带多少钱去？听见父母商量时的叹息，我头一次感受到家庭对钱的无能为力，感受到钱不是个坏东西，钱是对病人来说最为需要的东西。因为我以前是很看不起将钱过于看重的人的，所以也没有认真去想过要怎么去多挣点钱？

8 月 26 日母亲逝世，其终身为教，死而后已的精神虽然为大家所敬佩，又被《洛阳日报》和洛阳广播电台所报道。但是我一句都听不进去，脑子里总是浮现出母亲在病中还想着尽量少花点钱给家里多留点时那种无可奈何的表情。

说句实话，母亲去世之前我还想着我也要象母亲那样当个洛阳市优秀教师，认为那样生活才有光彩。母亲去世之后我感到我必须要有钱，最起码我要有让我的家庭和孩子们不用为钱而发愁的足够的钱。

可是如何才能挣到钱呢？当时正是工厂乱发奖金的时代，工厂工人们的收入比教师都要高，但是我不可能辞职去当工人。仔细一观察，发现每天都有外宾旅游车从眼前经过，特别是日本游客最多。如同现在大批中国人到日本旅游一样。

有一次我在白马寺见一导游在讲解日语，虽然我听不明白他讲的什么？但是我能感觉到他的那种满足之意、得意之情。在客人自由活动之时，我与他聊了几句得知：他月工资是二百元，但是每天带团一天三餐都不花自己钱，每天还可以拿点回扣。

我一听大为吃惊，那时我的工资是每月将近一百元，但是每天上两节课，一周上六天。还有补课、晚自习、批作业等，其工作量也是相当大的。于是我想当日语导游的念头悄然冒出了。

4. 课外教堂

目标选定以后我开始捡起好久没有看的日语了。白天在学校抓紧时间将工作做完之后，不与别的老师多说一句废话便开始看我的日语。

因为在当时洛阳的日语教育还没有展开，日语会话教育更是没有的，由日本人授课简直就是天方夜谭。我是自学日语，非常想听听日本人真正的日语发音。再则光学哑巴日语的话，一是学不准，二是没有压力很容易中断日语学习。唯一的办法就是能认识几个固定的日本人，与他们保持通信来往，这样我就不得不坚持日语的学习了。

于是我经常利用休息日跑到洛阳友谊宾馆门口、洛阳市博物馆以及洛阳有名观光地的龙门石窟、白马寺等日本游客可能到的每一个角落去找日本人对话，以求能教我几句“真经”。

虽然当时我基本上一句日语也说不上来，不过“不会不丢人，不学才丢人”是当时支撑我努力学习的动力。于是我左手拿本，右手拿笔，连比划带眼神总算是没让对方误会我，并交上了几位日本朋友。

后来我与这几位日本朋友展开了书信往来。在那个时期每周不是收到日本来信，就是收到从日本寄来的小礼物。更为让我的同事们开眼界的是：神户一所高中的历史教员北地老师每月给我寄来一本妇女服装杂志。那装潢精美的封页和質地高级的纸张都是当时国内不曾见到过的，新颖时尚的服装让同事们为之振奋，大家纷纷传阅，整个学校的话题都成了日本时装。不少老师拿着我的书让裁缝照着书中的样子做衣服。

与日本友人的来往信件越来越频繁。大阪的横濑先生是一位七十多岁的老人，他每周一定给我发一封信，所以每周的收信发信成了我生活的一部分。刚开始写第一封回信的时候，我两天才写了信纸的半张,两年以后我不到两个小时就可以写出两张多了。每次北地先生都会将我的信用红笔修改后再寄还给我。

可是来自工作单位的乱扣帽子、乱打棍子也接踵而来。就连受过我父亲很多照顾的与我同一年级的王老师也曾连讽刺带挖苦的嘲笑我（王老师的父亲与我的父亲是很好的朋友），还明目张胆地直接在我面前叫喊：“不要太看重日本了，日本以前做了多少坏事？”

后来有一次我从日本回国探亲时，在商店里碰到了这位王老师。她见我着一身漂亮的时装说到:“你是贵妇还乡啊。你这一步真的走对了。我真的佩服你的精神‘走自己的路，让别人说去吧。’其实人就是要像你一样活出自己的味道来。”我只是笑笑，不想与她多说半句。

说句实话，当时背后戳我脊梁骨的人更不知道有多少了？不过“真理在少数人手中，干我想干的事，让他们说去吧。”确实是我当时的处事态度，我根本就没把他们的话放在眼里。我当时活得很自信，也很快活。

我还对与我要好的姜老师说“我要让我的屋子里飞出个金凤凰”(因为我当时还住在学校一间由库房改成的十平方米阴暗潮湿的小屋)。又对大我四岁的好友韦老师夫妇说“我要三十而立。”后来我真的在三十岁要出发去日本之前去与韦老师夫妇道别时，韦老师老公还笑着说:“当初你说这话时，我们都觉得你小，也没当回事，没想到你真的是三十岁出国了。”姜老师听说我要出国去日本的事之后，也不无感叹地说道:“没有想到那个小屋真的飞出了个金凤凰啊！”我姐姐也说：“看来真的是有志者事竟成啊！”

5. 不耻蹭课

蹭饭倒是经常听说，蹭课也听说过，多是因为某种原因不交钱去偷偷地听课。

因为我经常去博物馆找日本游客对话，有个在馆里工作的女士小马非常“可怜”我，她不仅告诉我以后再来的话不要买门票了，就说是来找她，而且还经常给我透露日本游客的动向，以方便我可以迅速赶往下一个地方“堵击”日本游客。

有一天小马告诉我，有一位来自日本冈山叫家野四郎的老人自愿在洛阳的一个宾馆里教宾馆服务员们日语。我听说后非常兴奋，我哪里肯放过这样一个机会，迅速骑上自行车打听上课的时间、地点，然后如愿以偿地坐进了教室。

我当时对学日语的渴望如同小说《我要读书》里的高玉宝，因为担心有随时被发现而遭到驱逐的可能，我总是坐在教室的第一排离老师最近的地方，以求老师能让我多站起来念几次。而别的宾馆服务员总是坐在教室的最后，以免被老师点名读书。特别是她们上课时总是不停地说笑，气得家野老师总要提醒她们几句。

因为那个日语课是为了培训宾馆服装员的，所以没有几天我被赶了出来。我说我交钱，对方还是不允许。后来家野老师又去了另一宾馆，我又偷偷溜了进去，可是因家野老师腿摔伤而中途停止了教课。

为了学习更多的日语，有一天在白马寺，我又碰见了那个导游（我至今也不知他的姓名）。我恳求他能否教教我口语？我可以付他钱。他笑着说：“我是真没时间的。”他又说：“这样吧，我们外事办正在教宾馆服务员学日语，只是还剩一个星期了，你想去的话我去打个招呼。”我说：“行啊，别说一星期，一个小时我都去。”在那里我认识了教日语的孙老师。孙老师当时也是洛阳市外事办的日语翻译。

大约是 1988 年 2 月，我看到洛阳报纸上登有一则消息，说是国家公派几十名科技人员准备去日本学习农林技术，现在正在洛阳工学院（现已更名为河南科技大学）集训日语。我一听热血沸腾，因为工学院与我所处中学只有一条路之隔啊，当天下完课我抬腿就往工学院跑坐到了教室后面。班里全是男生，多出一个女生是非常地显眼。下课后我先找班长请他不要去报告学校，几个男生立刻围了过来表示了同情，说只要工学院不赶人，他们不会管这事。当时我看着这些国家的宠儿，佩服得无体投地，觉得他们个个是英才俊杰。我是实实在在地羡慕他们能有如此好的机会。

第二天我又跑去了，不出所料又被逐了出去。我 1999 年在日本中京女子大学（现已更名为至学館大学）工作后，促成了我校与洛阳工学院之间的校际友好关系的缔结。2012 年王校长率代表团前来我校访问，我与他们吃饭时我讲起了曾经被工学院赶出教室的事。王校长深为感慨，马上问我：“谁把你赶走了？”我马上笑着说：“我早已忘掉了。”随后王校长当时就让我答应担任河南科技大学的特聘教授一职，我欣然应允，席间其乐融融。

6. 签证风波

为了学日语我不知道费了多少心机，遭了多少白眼。特别是我工作单位的领导极为不满。不过这一点我完全可以理解，哪个领导不想要个老实本分的员工呢？关键是我自己已经不想在这个学校继续当教师了。因为我实在不明白别的老师上班可以看报纸、看杂志，甚至可以打扑克、下棋，而我就是想看看自己想看的日语书就不行了呢？

当时的人事制度是不给你档案你哪里都去不了，也就是说跳槽是不可能的，辞职就意味着失业。这日语学不成，教书收入低，这可怎么办？于是我很是着急。当时“下海”意识还没兴起，大家虽然手里没钱也不觉得着急。但我不愿意就这样下去，开始想着干点什么好呢？于是1988年6月份我和丈夫在校园外闹市区开始公开卖冷饮了。

这件事更是激恼了学校。这时，日本驻上海大使馆给留学生停发签证的“签证风波”搞得全国都知道了。原来，从1986年开始上海青年已经成群结对去日本自费留学了。因为当时通讯不发达，洛阳又是个小城市，消息很是闭塞。从这个事件中我才知道现在其他城市的青年也已经陆续有人开始去日本自费留学了，而且可以一边上学一边打工挣钱交学费，打工工资还非常高。我当时还以为什么人都可以申请去日本自费留学的？觉得如果我能够去日本的话，一来可以打工挣钱，二来可以学习日语。过个一两年回国就可以当导游挣钱了。

我觉得这是我目前最好的选择了。可是家怎么办？女儿怎么办？人生地不熟会不会有危险？如果有几个熟人在日本就好了，于是我想起了我的几个日本朋友，打算赶紧写信先探探他们的口气。

7. 希望破灭

在我结交的日本朋友里,有五位与我保持着通信来往。我将我想去日本自费留学的愿望写好一式五份，分别寄给了这五位日本朋友。我当时想，起码得有一个人会支持帮助我的吧？在等待期間，我一边卖冷饮一边等待着好消息的到来，更为我将要离开学校而沾沾自喜。丈夫也常带着女儿夜晚睡在冷饮摊上以便让我晚上可以安静地学日语。当时与丈夫那种同甘共苦、等待明天的甜蜜感觉真的是太好了。

可是有一天我因冷饮摊进货摔伤了左脚被诊断为左脚脖子粉碎性骨折,我不得不躺在床上。当时的首要问题是冷饮摊怎么办？虽然我们雇了两名店员，可是进货以及应付工商税务这些事丈夫一个人是难以胜任的。更何况当时汽水非常短缺，经常得去求人才能进到货。还有卫生局以及其他形式的三番五次的检查几乎天天都有，哪一个不侍候好都是不行的。另外还要给雇员送饭，丈夫还要上班，女儿四岁还时常闹人，我婆婆和母亲都已不在人世，无人可以帮助我，所以我在家根本躺不下去。三天以后我强忍着疼痛扔下双拐像正常人一样下地工作了。都说：伤筋动骨一百天，可我是没这个福气了。我至今都不知道我老了以后左脚会不会疼？

一个月后陆续收到四封日本的回信，没有一个明确说是愿意帮助我，支持我去日本留学的。三封强调了日本物价高而且留学花费太大，并且要我三思。当时我月工资不足百元，而留学学费半年就得两万多元，还有吃和住，这简直就是一个天文数字。一封则说是有空去学校帮我打听一下自费留学是怎么回事？

我看完信后虽然心凉了半截，但我也没有看到信中写有拒绝的字眼。于是我怀揣四封信到洛阳外事办找孙老师，想让孙老师帮我看看信，幻想会不会从信中可以找出支持我去日本的字眼？

孙老师是我在宾馆培训服务员班上认识的，虽然我只听了他一个星期的课，但他认为我很刻苦所以对我多少有些印象。他看完信后告诉我说“这几位日本人好像没有想帮你的意思”，还说，“日本人一般不会直接说‘拒绝’两字，但是只要不写‘同意’两字实际上就是拒绝”。

看到我失望的表情，孙老师又拿来一大摞信纸对我说：“小张，我现在正被日本横滨一个友好团体邀请去日本学习半年，这个手续已经办了半年多了，缺这少那，光是证明都已经这么多了还没弄全。还不知道最后能否去成？”我一看里面又是横滨市长的邀请函，又是团体的各种证明厚厚一摞子，简直是头都大了。孙老师又说：“小张，不是孙老师给你泼凉水，像你这样没有国外亲戚资助想出国比摘月亮都难。你还年轻孩子又小，孙老师是不想让你经受这样的打击，还是安心教教书干好本职工作，女孩子当个教师挺好的。”

我听后微笑着与孙老师告别后，忍不住流下了眼泪。孙老师的话宣告了我美梦的破灭。我又拿着信看了几遍不忍心扔掉，我是多么希望从这几封信里会蹦出几个我希望看到的字眼啊。难道说我真的只有当教师一条路吗？

秋季开学后学校开展评选优秀青年教师讲课比赛活动。我对我的讲课还是很有信心的，虽然我对学生过于温和（我经常鼓励学生一定要有自己的思想，而且作业留的不是很多，所以学生们也很喜欢我这一点），可是我对教材分析、授课方式、逻辑思维、特别是我的口才，我是绝对有获胜的信心的。

初赛阶段一个年级只选一人，而我们年级初赛后竟然选上了一个经常去告我上班学日语黑状的人。我极不服气地跑到校长那要求与她打擂台。校长不同意，还劝我说：“明年还有这样的比赛一样可以参加的。” 我心想“明年我还不知道在哪儿的？我一定让你们认识认识我，”我又跑到教育中心陈述冤情要求与她比赛。教育中心第一把手亲自对校长发指示 “年轻人要求上进自愿讲课是好事。”明确地表示了对我的支持。

最后学校决定让我直接参加四个人之间的决赛。我信心十足地上了一堂很生动的数学课，不少老师感受到了新的教学方式的挑战。他们说我讲的课是发散思维，都说给我投的是第一名，认为我是胜券在握毫无商量的余地。后来比赛结果是：我得了第二名。不少老师为我打抱不平，我说：“我不在乎是不是第一名，我只在乎我的名次是否在她前面。”因为她是第四名。老师们都猜想如果让我得了第一名，校长如何解释初赛结果呢？

这件事使我刚刚有点想回归教书的心备受打击，我觉得我在这里估计永无出头之日了，因搞演讲活动而被调去团委的事也已经破灭。我觉得我得走了，“哀大莫过于心死”正是我当时心情的真实写照。

8. 四处碰壁

进入 1988 年秋冬季节的十一月份，冰饮摊收摊了。长达六个月的经营刨去一切费用净利润是六千元，这在当时“万元户”还是望尘莫及的年代里可以说还是很有干头的。只是这工商税务真的是搞得你疲惫不堪，让你没有一点攒钱的欢乐。所以这种挣钱的方法我下一年是绝不想再经历的。

这时在职工教育夜校工作的丈夫告诉我一个消息：说是矿山厂和日本有个合作项目，半年后将有日本技术员到厂里做技术指导，要招一名日语翻译照顾他们的起居。因职工教育夜校曾经办过日语班，所以厂里问夜校可否有人选？我当时一听，决定前往。并不是因为我对我的日语有信心，我只是想听听监考官的日语，想趁机学两句日语。因为我真的很想学日语，又真的没有地方可以学日语，只有采取这样的方法，哪怕学一句也心满意足。

进了面考室,坐在面考官对面，面考官用日语问了我几句话，我一句没听懂（因前一段只顾卖冷饮了，日语又扔在一边了）。面考官笑着说:“那你会说什么？说来让我听听。”我只说了一句“胞酷挖”（日语　“我”的意思），还未等我说完面考官立刻打断我的话大声笑道:“哈哈，那是男性语‘我’的意思，女性的‘我’要说‘瓦搭西’　。”我立刻脸红起来，我说:“老师，日本人不是半年以后才来吗？这半年我一定好好学习，能给我这个机会吗？”面考官马上说　:“小张，你不会日语还敢来面考是很不错的，你要是能去日本的话，估计半年就可以会话了，因为学外语就怕不张口，而你却敢于张口。”

我碰了一鼻子灰出门后照样抹了一把眼泪，觉得自己怎么这么笨呢？过了一段洛阳报又登出广告，说是洛阳要开一家日本料理店，要招一名懂日语的员工，月工资三百元。我一听太诱人了，急忙按时前去应聘。

在洛阳外语学院面接室外面，几个小伙子已经等在了那里，他们还在那点头哈腰，一呵一哈地说着日语。他们说话时的动作和神情真的很像日本人的样子，使我看到了山外有山啊。

见我来后他们又用日语跟我打招呼，我连忙用中文说:“我不会日语，我是来看看要不要中文服务员？”考试结果也不用问了，估计我是最差的一个了。大家骑车从外语学院开始回家，一路上看见他们几个兴奋地在讲刚才的面考官问了什么？他们答了什么？我听着心里是既羡慕又难受，我向他们要联系方式，想以后与他们多接触多学点日语，只有一个在洛阳正骨医院工作的刘耕给了我他工作单位的电话，因为当时还没有个人电话。

刘耕的日语不错，他是怎么学的我一点都不记得了，只记得他日语说的挺流利。我想他一定如愿以偿了。后来得知他也没考上，是一个叫陈振源的考上了。陈是何路人也？我得去拜访一下，看看庐山真面目。

于是有一天我跑到洛阳雅香楼东边的日本料理店直接问陈：“你们这还招日语服务员吗？”陈笑着说：“这里的服务员都不会日语，连我都不怎么用日语，我只是每周去海关取货確认通关单时才可以用到点日语。”后来我问陈，在哪里可以学日语？陈说：“我有两个朋友，其中一个小赵作为公派留学生去了日本，还有一个小白也在学日语，我可以介绍你们认识一下。”

后来我与小白以及陈三人见了一面。我的日语也不及小白的水平。一连串的碰壁使我感到不是没有机会，是自己充电不够啊。可是如何才能达到他们那样的水平呢？看来我不能再这样眼高手低磨时间了，还得争取去日本留学。

在这里我要感谢一下我的丈夫。当年我为了学日语找机会，虽然屡遭失败，四处碰壁，他总是默默地抱着孩子，从来没有讽刺过我一句。有时我为了学日语受委屈而流眼泪的时候，丈夫总是放下抱着的女儿说：“小雪，去叫妈妈抱抱。”特别是不管我要去哪里？要见谁？他从来不阻拦。因为他知道我想干什么。

后来我拿到了签证即将去日本的时候，有些人劝他说：“别让洛霞走，她会甩了你的。”丈夫总是说：“甩就甩吧。”丈夫家兄妹们也提醒他要慎重，他也总是说：“洛霞不是一般的人，洛霞不是那样的人。”后来证明丈夫说的是正确的。我不止一次对朋友说过：“我丈夫才是世界上最聪明的人。”

9. 决不放弃

从孙老师那里得知，自费去日本留学要先找日本人做经费担保人。因为当时中国人的收入还是很低的，不足以支付留学费用。我仔细分析了我这五位日本友人，觉着名古屋的松浦先生还是比较有条件作我的经费担保人的。因为从通信交流中得知他以前是一个大公司的人事部長，退休以后留任公司继续从事人事顾问工作。特别是他的文化修养很高，字体最为漂亮，语言最为婉转，从他的照片上也可以看出他是一个很绅士的人。

于是我又向他发出了请求，希望他能当我的经费保证人。我特别指出我的所有费用将由我个人承担，决不给他添麻烦。他仍然很客气地拒绝了。但是我一边继续与他通信，一边去买了洛阳最好的茶叶(只买了二两就花费了我一个月的工资)寄给他，并有意无意地恳求他能帮我一下。后来他来信说，我寄的茶叶非常地好，茶香弥漫了他家的整个小院。

1989 年三・八妇女节，厂教育中心举行庆祝活动，我代表矿山厂中学夺得了跳棋第一名。五・一节厂里举行文艺比赛活动，技校的音乐老师齐老师当时是全教育中心唯一的一名科班出身的音乐舞蹈老师，她要编一个舞蹈参加职工会演比赛。

教育中心主任特意陪着她在全教育中心挑选她认为合适的人排练。她们到矿中我所在的教研室，指名道姓只挑了我一个人。那个总是找我茬儿的小密探试图阻拦又不好当着我的面直接说，就别有用心地说：“我们学校年轻小姑娘一大堆的，你尽管挑。”齐老师心高气傲地说：“别的不要了，矿山厂中学教师里就洛霞看着有舞蹈细胞。” 后来我们排演的《荷花舞》在全厂舞蹈比赛中拿了个第一名。

五月的厂职工棋艺比赛，我代表教育中心夺得了厂级女子象棋比赛第二名（女子第一名为原湖北象棋专业队下来的人所得，我丈夫也属教育中心夺得厂级男子象棋第一名）。我把这些场面特别是舞蹈照片都寄给了松浦先生，并再次请求他成全我的愿望。松浦先生终于答应了我的要求，开始为我办理留学手续。

8月10日我去找陈振源，请他帮我写两封日语推荐信。陈很高兴地说："我那个公派留学朋友赵虎龙前两天刚刚结束学习从日本回来了，正好我和他两个人给你写推荐信。"后来我见到了赵虎龙，互相觉得有点面熟，详细一问才知道赵虎龙原来是我那年去洛阳工学院蹭课时班上的一位学生。

8月10日一切报名资料准备完毕。8月11日在我三十岁生日的这一天我终于往日本寄出了我的全部留学申请资料，迈开了留学的第一步。

10月下旬我收到了《南山大学外国人留学生别科》的入学通知书。我高兴得一夜没有合眼，开始了我人生的第二次失眠，因为走到今天这一步真的是太难了。

第二天我去洛阳市公安局办护照。对方说："把申请资料放在这，我们办好后通知你。"因当时我没有对学校的任何人讲过，所以很多人不知道我要出国留学的事。初中二年级的年级主任蒙老师找到我让我去她那个年级，还说看出我是个人才。我没有答应，因为我觉得我马上要去日本了。可是一个月下来也没见到护照的影子，我忙托人去公安局打听才知道是我们学校不给开介绍信。我马上直接去找邵校长，可邵校长却说："我们还得再研究研究，你这个事说什么的都有。让你走了，以后谁还会安心工作？"原来如此。后来我听说学校里有不少人叫喊："像张洛霞那样上班看日语的话，我们也能出国。"我当时觉得这些人真的是幼稚得可爱。后来我立刻去找吴副厂长（他以前曾是我父亲的部下），吴厂长的话校长只有听了。我终于拿到了护照，连夜与丈夫一起赶到北京去办签证。紧赶慢赶还是没赶上开学时间，拖延了二十多天才到南山大学报到。

10. 美丽彩虹

虹，五彩缤纷，腾空而起，自由自在。小的时候我就喜欢看它，因为没有人欺负它；中学的时候我向往它，因为它是如此地美丽；大学的时候我喜欢它，想穿上漂亮的裙子坐在它的上面荡秋千；出国之前我又看了它，希望它能陪伴我，给我带来绚丽多彩的未来。

临行时我问女儿小雪："知道妈妈要去哪里了吗？"小雪满脸稚气地答道："知道，妈妈先去日本挣钱，然后回来接我和爸爸去日本。"带着女儿的美好愿望，带着亲人的嘱托，1990 年 1 月 21 日我终于飞向了蓝天，去抚摸我那心爱的彩虹了。

看着窗外的蔚蓝天空，想着刚刚与丈夫和女儿分别的场景，我不禁凄然泪下，因为我刚才在他们面前我一直是微笑的。

此次孤身一人独闯东洋，是成功是失败？将来是荣归故乡还是魂落他乡？一切都是那么的不可预料。如果我回不来客死他乡了，我不愿意让女儿的脑海里永远留下一个满脸泪痕的妈妈的印象，我希望每当女儿回忆起她的妈妈时，她的妈妈永远有一张甜蜜微笑的面孔。正是因为这个理由，我办好登机手续后，头也没回，匆忙地跑了进去。因为我担心我如果一回头，我就会泪如泉涌。

丈夫在外一直等着我，以为我会再回来与他们告别，起码也会再抱抱女儿的。等到我乘坐的飞机飞上了蓝天，丈夫终于明白了我的心情，他抱起女儿说道："小雪，咱们回家吧。"

回家的路上丈夫拉着女儿的小手，反反复复给女儿只唱了一首歌《世上只有妈妈好》。

洛霞与梦想齐飞

洛阳市中学女教师张洛霞30岁后才去留学
16年后成为日本的大学教授
她说，自己是个普通人，但有梦想不放弃总会成功

核心提示：

从洛阳的中学教师到日本的大学教授，张洛霞用了16年；从做起“名牌大学梦”备受一些人嘲讽到帮助全家乃至更多河南学子到日本求学，一个信奉独立的洛阳女子始终执著。

在“出国热”盛行的当下，老一辈留学生的经历是怎么样的？近日，记者采访了52岁的张洛霞教授。

1. 龙门石窟是她的口语“课堂”

1978年，19岁的张洛霞考取了洛阳一所师范类专科院校，毕业分配到原洛阳矿山机器厂子弟中学（现洛阳市第五十九中学）做老师。张洛霞高考成绩差一分就上本科线了，自小就要强的她心里暗暗发誓，今后一定要继续深造。

好学的张洛霞在工作之余选择学习当时相对冷门的日语。“当时并没有出国的念头，就想着以后可以退休了做个翻译，也挺好。”张洛霞笑着说。

当时学习日语的条件十分艰苦，张洛霞一听说哪里有日语补习班，就一定想方设法去听课。她去过洛阳宾馆内部补习班，还去过河科大公派速成班，不过，每一次被发现不是内部人士后，都被无情地“撵”出来了。“我向他们请求交钱学习，但还是被拒绝了。”

但张洛霞有着不服输的性格，补习班上不了，她就另辟蹊径，如何能够接触到日本人进行口语练习呢？张洛霞灵机一动，想到龙门石窟景区外国人多，在那里一定会碰到日本人。于是，她趁着周末去龙门游玩，看见日本人就上前对话。

2. 三十而立洛阳女教师要走出去

通过这种方式，张洛霞联系上了好几个日本朋友，她坚持与他们通信，逐步提高自己的日语水平。1988 年，当张洛霞得知可以自费留学后，曾经的“名牌大学梦”就重新浮现出来：到日本，留学去！

张洛霞的想法受到一些不理解她的人的嘲讽：一个女教师，没有经济条件，没有海外背景，年纪也不小了，又有孩子，做什么梦呢？但张洛霞并不理会这些，她开始跟一个做人事部长的日本朋友写信，请求他做自己的担保人。

这个日本人起先不同意，但她不气馁，连续 2 年不断写信要求，许诺一定不会在经济上给他添麻烦，终于打动了对方。

26 岁的时候，张洛霞曾经对姐姐说，一定要三十而立！1989 年 8 月，当把申请材料递交到南山大学之时，她突然间意识到，三十而立，自己已经做到了！

1990 年 1 月，张洛霞带着 1.2 万元人民币前往日本。临走前，她向丈夫窦道德许诺：“一年之内，如果我没有能力把你弄到日本，我就回来！

3."张洛霞的经历不能有一个污点!"

1990年4月,张洛霞开始在南山大学学习语言,她带来的钱仅够自己头半年的学费,生活费、自己第二年的学费以及丈夫的学费、生活费全部需要她来想办法。

刚到日本时,那位做担保的日本朋友给了张洛霞一张70万日元的存单,供她头一年的生活费。在日本,这种属于捐赠性质的钱是不需要还的,但张洛霞在收下存单的同时留下一句承诺:这个钱,我一定会还!

张洛霞开始四处打工。在饭店厨房切菜打杂、在工厂流水线码货、往电脑里输订货单……很多活她都做。一天打两份工,有时候休息太少,她曾骑着车子摔倒过。不过,再苦再累,张洛霞也坚守自己的原则,出卖尊严的工作她是绝对不会考虑的。"我在日本是要创一番事业的,张洛霞的经历不能有一个污点!"

一年以后,张洛霞果然赚够了自己和丈夫的费用,并且把70万日元的存单原封不动地还给了那位日本朋友。

4."一年之内我要把非常勤教师的'非'字去掉!"

1993年4月,在读完语言和"考研"培训班之后,张洛霞顺利地考进南山大学经营学大学院(相当于中国的研究生)。此时,她拥有了申请奖学金的资格。

张洛霞以优异的成绩考入南山大学大学院并成功申请最高级别的奖学金——日本文部省奖学金,每个月近20万日元的高额奖学金,为她之后的求学打下了坚实的经济基础。

1995年，大学院毕业的张洛霞选择继续进修博士，1995年9月，张洛霞第二个孩子出生了，她为他取名“文博”。周围人都说，为孩子取这个名字是希望他今后做文学博士吧？张洛霞总是笑着释疑：“‘文’代表我拿到了文部省奖学金，‘博’代表我考上了博士，这两个条件任何一个不成立，我就需要去工作，那么这个孩子就暂时不能出生了”　。

1998年，张洛霞博士生涯的最后一年，她来到至学馆大学做实习老师，在日本，非正式的老师称为“非常勤教师”。那个“非”字让张洛霞很不舒服，她跟丈夫说：“一年之内，我要把‘非’字去掉！”

1999年4月，刚刚毕业一个月的张洛霞顺利成为至学馆大学的正式教师，成为“常勤教师”。

5. 有梦想不放弃总会成功

成为一名大学教师后，张洛霞开始考虑如何为家乡做一些事情。

从1999年至今，张洛霞几乎每一年寒暑假都会带日本学生来中国进行访问。经过6年的努力，终于帮助她所在的至学馆大学与位于洛阳的河南科技大学建立友好关系，为促进两个院校间师资交流作出贡献。每一年，两个学校均会互派两名学生到彼此的学校免费读书。

张洛霞说，自己的经历很普通，但她始终不曾放弃梦想，当年在矿中做老师的时候，很多人嘲笑她的“出国梦”，如今，她希望可以帮助更多的家乡人走出去，实现自己的梦想。

（本文来源：【大河报】2011 年 11 月 03 日　作者：段伟朵）

（附：本文についての日本語簡約，来源：「人民網日本語版」2012 年 11 月 8 日）

中国の女性教師、30 歳過ぎて訪日留学 16 年後に大学教授に

中国洛陽市の「中学」（中高一貫校）で教師をしていた張洛霞さんは、30 歳を過ぎて日本に留学し、16 年後には日本の大学で教授を務めるまでになった。河南省のニュースサイト「大河網」が伝えた。

「名門大学の夢」を人に笑われた頃から始まり、家族を支え、河南省の学生が日本に留学するのを助ける今に至るまで、この洛陽の女性はどんな時でも自立を信じ、夢を諦めないで生きてきた。

張さんは師範専門学校を卒業した後、中学で教師をしていた。勉強家の彼女は仕事の合間を縫って、当時はあまり人気のない日本語を習うことにした。当時、日本語を勉強するのはとても困難な環境だった。そこで張さんは龍門石窟の観光地に出向き、日本人を見かけては話しかけた。このような方法で、張さんは

日本人の友達を何人もつくり、連絡を取り合うことで、日本語の水準を少しづつ高めていった。

張さんは1986年、自費留学が可能になったことを知り、かつての「名門大学の夢」が再び心の中に湧き上がってきた。「日本に行って留学しよう」。張さんは1万2千元（約15万3960円）を持って、日本に行った。張さんは、1993年4月に語学と「大学院」進学コースを学び終わり、無事に南山大学経営学大学院（中国の研究生にあたる）に受かり、日本国内で最高水準の奨学金「日本文部省奨学金」の取得にも成功した。

1995年に大学院を卒業した張さんは引き続き博士を取得するため進学する。1995年9月に張さんは第2子を出産し、子供に「文博」と名づける。周囲の人から、子供にこの名前をつけたのは、将来文学博士になってほしいからかと聞かれると、張さんはいつも笑顔で「『文』は文部省奨学金の『文』で、『博』は合格した博士の『博』。この二つの条件のうち一つでも欠けていたら、自分は仕事をせざるおえなくなり、しばらく子供を生むことはできなかったから」と答える。1999年4月、卒業してちょうど1カ月後に張さんは見事、至学館大学の常勤講師となった。

大学教員となった後、張さんは故郷のためにどのようなことができるか考え始めた。1999年から今まで、張さんは毎年冬休みと夏休みに日本の学生を連れて中国訪問をしてきた。6年間の努力が実り、ついに彼女の所属する至学館大学と洛陽の河南科技大学との間に友好関係が結ばれ、教員間の交流が深まった。現在、両大学はお互いに毎年2人の学生を交換留学生として派遣している。

「キャリアは普通だが、どんなときも夢をあきらめなかった」

と張さん。中学の教師をしている頃は、多くの人に『出国の夢』をばかにされたが、「今はさらに多くの同郷人が海外に出て、自分の夢を実現させる手助けをしたい」という。

一名洛阳留学生的追梦路

她写了一两年信，缠着日本游客作保，30 岁时才出国；如今她已是深受日本学生欢迎的大学教授，一手促成了洛阳高校与日本高校的交流合作。在刚刚过去的三八妇女节，她被河南科技大学聘为客座教授——

年过半百的张洛霞，着得体的咖啡色套裙，妆容淡雅，唯有口红勾勒得明艳。像她这个年龄的洛阳女人，一般不会这么打扮，也不会像她一样，一见面就与人热情握手，奉上包装精美的清茶和点心，谦恭地说："不成敬意"　。茶和点心都是张洛霞从日本带回来的。她是日本至学馆大学教授，从事着体面的工作，拥有日本永久居住权，在名古屋的华人圈中相当有名。

1. 当知青参加高考

时光倒流三四十年，张洛霞还是个普通的洛阳妞。她参加高考，在洛阳结婚、生子、教书、卖冷饮……直到 30 岁，才迎来人生的大逆转——。

1959 年，张洛霞出生于洛阳矿山厂家属院。1977 年，她下乡到孙旗屯公社当知青。当年 12 月高考恢复，张洛霞报名参加。那年，她落榜了，但她不甘心，认为若有更多的时间复习，一定能考上。那个时代，知青备考会被农民指指点点，说是好高骛远。想学习的知青都是白天下地干活，晚上偷偷摸摸看两页书。

1978 年，张洛霞再次参加高考，分数离本科线只差了 1 分。她认为这是人生一大遗憾，发誓将来一定要超过那些进了本科院校的同学。

2. 结识日本人

1982 年大专毕业后，张洛霞被分到洛阳矿山厂子弟中学任教。厂里开办夜校，报名的人很踊跃。张洛霞知道消息时，名额已满。正巧有个教师报了日语班，上了两节课后不想再去，张洛霞就花 5 元钱买下她的教材，顶了她的名额去上课。

待到学期结束，报名时的 120 多人，只剩十几人还在坚持，张洛霞是其中之一。当时她已怀孕，一边拿着个塑料袋呕吐，一边参加结业考试，居然顺利通过。

张洛霞觉得，光学习书面日语没意思，还得学会话。那时候不像现在，满大街都是外语培训班。张洛霞多方打听，才得知某宾馆请了个日本人，教宾馆服务员学日语。她想交钱去学，被宾馆拒绝。既然明的不行，那就来暗的。她偷偷溜进宾馆“蹭课”，每次都坐在第一排。不想没过几天，宾馆工作人员发现了她，将她撵了出来。怎么办呢？放暑假后，张洛霞带着孩子在龙门石窟等日本游客。不管男女老幼，只要看着像日本人，她就大大方方地走上前去搭讪，请对方留下联系方式。

回家后，她搬出所有的工具书，东拼一句，西凑一句，给这些日本游客写信。日本友人感动于她的热情，都会回信。这样你来我往地坚持了两年，不知不觉，张洛霞已能流畅地用日文写信。

3. 发誓要去日本

20 世纪 80 年代中后期，下海经商成为一种时尚。张洛霞在校门口开了个冷饮摊，白天教书，晚上卖冷饮。此举轰动校园，引起一片哗然。

有同事把她当成怪物，讽刺她钻钱眼里了，甚至到校长那儿告状。校长苦口婆心地劝张洛霞：人不可不务正业，你别再学日语、卖冷饮啦，否则就扣你工资。

面对非议，张洛霞泰然自若、我行我素。她说："不管什么时候，学东西、赚钱都是好事儿，你们爱咋地咋地。"

1988 年，张洛霞有了出国留学的心。那时去日本，必须有日本朋友作保，张洛霞就给 5 个日本笔友分别写信，询问他们是否愿意给自己作保。

这些人与张洛霞非亲非故，结果可想而知。松浦三千夫——名古屋一电器商会人事部部长，委婉地告诉张洛霞，两国物价悬殊太大，即使有人作保，只怕她也负担不起高昂的学费，劝她打消念头。张洛霞没有放弃，她继续给松浦三千夫写信，说自己卖冷饮挣了不少钱，交得起学费，绝对不会拖累他。逢年过节，她还买上好的茶叶寄给松浦三千夫。

张洛霞的执著感动了松浦三千夫，在他的协助下，1989 年冬，张洛霞拿到了日本南山大学的录取通知书。

出国这年，张洛霞刚巧 30 岁。她的爱人严肃地与她谈话，说："如果你在日本遇到更好的人，我绝不拖你后腿。"似有诀别之意。她说："你等我。明年我一定把你弄到日本，不然我就回国。"

4. 敢选最难的题做

到了国外，张洛霞才知世事艰辛。日本物价高昂，她带去的1万多元，交完学费，所剩无几。热心的松浦三千夫给了张洛霞一张70万日元（约合人民币五六万元）的存折，鼓励她撑下去。

张洛霞白天念书，晚上到饭店打杂。为了多挣钱，她利用假期到一家公司求职。老板问她会不会打字，连电脑都没见过的张洛霞脸不红心不跳地点头，然后连夜冲到留学生会馆借电脑，研究电脑键盘，第二天镇定自若地去报到。

后来她去一家水产公司上班，老板听说了她的求职轶事，敬佩她的勇气，说："我这儿的工作繁琐无趣，很多日本姑娘都干不了。就冲你敢来，我就不能不要你" 。

读完硕士课程，张洛霞又去考博士。博士考试，考生可自选考题难度，日本学生通常选容易的，她却选了难度大的5道题，并顺利解答。导师目瞪口呆，她则嘻嘻一笑，说："做人不能畏难求易。有机会展示自己的能力，就一定要抓住机会。"

她连续数年获得日本文部省奖学金，不但学费全免，日本政府每月还给补贴近20万日元，比某些日本人的月薪还高。

有如此优异的表现，她毫不费力地就实现了对丈夫的承诺，将丈夫、孩子都接到了日本。至于松浦三千夫借给她的钱，她也早还了！

5. 最好的身份是母亲

1998 年，博士在读的张洛霞兼职到中京女子大学代课，教汉语。代课教师每周只上一两次课，费时费力，课时费很低，但张洛霞觉得付出就会有收获，不能只看眼前利益。她认真备课、授课，从不抱怨。

日本学生不愿意买汉语磁带，嫌贵。张洛霞就自费帮他们灌录磁带。课余时间，她带着这些学生包饺子，传播中国传统文化。学生们对她的评价极高，于是联名上书，要求学校聘任张洛霞为正式教师。

1999 年，张洛霞博士毕业，毫无意外地被中京女子大学聘请，成为该校正式教师。2001 年，她取得经营学博士学位。又过数年，她已是中京女子大学最受尊敬的大学教授之一。

功成名就，张洛霞并未止步。她想为家乡作一些贡献，让洛阳的孩子到日本看看，学学日本的先进技术。在她的游说下，日本至学馆大学（2010 年，中京女子大学更名为至学馆大学）与河南科技大学建立了友好合作关系，每年提供两个名额，供洛阳学子到日本免费留学。

此外，她还与丈夫联合创办了名古屋中国留学生语言培训学院——名古屋福德日本语学院，帮助中国留学生圆梦。

“学历要高，工作要好，孩子要多。”这是张洛霞曾经的志愿。如今，这三个目标已全部实现——去日本后，张洛霞又相继生了一子一女，如今，她不但是女博士、女教授，还是 3 个孩子的妈妈。日本政府感念她的贡献，赠予她永久居住权，但她始终未换国籍，每年都要回国两趟，探访洛阳亲友，推动中日交流。她说：“其实我最爱听的话，不是别人夸我能干，而是夸我是个好母亲。”

（本文来源：【洛阳晚报】2012 年 3 月 12 日　作者：张丽娜）

落霞与孤鹜齐飞

——记洛阳旅日学者洛霞女士

她带着名古屋的一群大学生翩然而至。

日本大学生相当纯真可爱，象我们的小学生一样好奇。

“张老师，先生的家乡是这里吗？”

“洛阳的才子是不是多多的有？”

“……”

她的名字叫洛霞。顾名思义，生在洛阳的女孩，洛阳飞起的一朵云霞。

她已经荣膺日本经济博士的头衔，现在是至学馆大学(原:日本中京女子大学)的正式教员。

1. 洛霞的身世

我印象中的洛霞，恬静纤弱、白皙的皮肤，纤细的手指，乌黑的披肩发，一颦一笑，脸上总显出一对浅浅的酒窝。她的外表绝对是那种静静的、甜甜的女孩。

不过，她现在已经成了女士，一个有着两个孩子的妈妈，一名极有修养、风度翩翩的学者。

洛霞出自书香门第。先父曾是中学校长，先母曾任小学教师。兄妹五个，她是老小。她在家里并未因为小而受到父母的青睐，反而受到些许歧视。譬如“文革”后的第一次高考，父母支持她的小哥参加，对她就不抱希望。然而，她却一蹴而就，78 年考取了洛阳教育学院数学系。尽管并不理想，但对于在“文革”中并未怎么学习的她来说，已经实在不易。她的父亲治学严谨，耿直威严，对她从未好言。总说她，好高骛远，难成大器。在她的印象中，没有听过父亲一句赞许的话。而当她的父亲病危之际，从日本飞回的她，扑在父亲的怀里嘤嘤而泣之时，其父的眼里第一次向她投来慈爱的目光，嘴里囔囔而语："霞，就你……。"

洛霞此番回洛，曾邀我去烈士陵园拜谒她的父母。她说："父亲病危之时的那一缕慈爱的目光，至今使我不能忘怀。我曾经恨过父亲，我现在才真正了解了他。"

看着洛霞在父母的灵前饮泣，我的心颤抖了。有人说，两代人之间的鸿沟难以逾越。我要说，总有一天，他们会走在一起，毕竟血肉之情是割舍不了的。

看到洛霞如今的风采，我就联想到唐代诗人王勃的名句"落霞与孤鹜齐飞，秋水共长天一色。"洛霞走过的路上，孤独总伴随着她，斥责总伴随着她，贫寒也与她恋恋不舍，而正是这些遭遇助她腾空而起，迎来了霞光绚丽，秋水共长天一色的美景。

2. 恬静湖面下的热流

如果你与她不期而遇，第一印象一定是文静如水，第二印象仍然是如水文静。只有长时间的接触，你才知道她恬静的湖面下涌动着奔腾的热流。

她在中学任教师，住在学校的破平房里。屋子墙壁潮湿斑驳，一家三口住在里面除一张床、一张桌子、一个书柜外，几乎狭小的没有插脚之地。外面大雨屋里小雨，寒风破门而入，酷暑越窗蒸腾，她却默默地忍受着。她当校长的父亲不提房子的事，她更不提，这间小屋就成了她的炼狱。

她初上讲台，又教一个乱班，学生成绩极不理想。父亲的斥责，一些同事的白眼，个别领导的漠然，都接踵而来。她仍然默默地忍受着。

居住环境的恶劣，收入的微薄，精神上的压抑，教学压力的重负，一岁大的女儿又分外缠人，都压在她柔弱的肩头。她非但没有压垮，反而又自学起日语，一学就是整整三个寒暑。

洛霞没有夜晚，备课改作业还要学日语；洛霞没有星期天，她要到宾馆、龙门去同日本游客练习会话。一些人冷嘲热讽：凭她大专文化，又没有钱，还是孩子妈妈，想出国，那不是……可怕的语言向她射来。

在贫寒和嘲讽面前，洛霞无奈。

在她孤傲和毅力面前，贫穷和嘲讽无奈。

洛霞恬静的湖面下，涌动着滚滚奔腾的热流，而且永远向前，永不停息。

有次她回国省亲（那时她已取得日本经济硕士，又要攻读博士学位），同我说起一些往事。

“在我就要乘机去日本学习时，女儿小雪才四岁，抱着我又哭又喊，‘妈妈，别走！妈妈，别走！’我的心都碎了。道德（她的丈夫）眼圈也红了，别过脸去。你不会相信，当时我一滴眼泪都没掉。泪都在肚里流着。此去日本，我是带着贫穷去的，包里面只有一万二千元钱；我是带着未知去的，一个人不知在那里会遇到什么样的情况。但是，我知道自己能吃常人不能吃的苦，我会胜利，我要在三年内把他们接到日本，过上好日子。”

“飞机升上蓝天，我的眼泪再也止不住了，一个劲地向下流，我实在控制不了自己。我是在蓝天上‘制造’了一条洛河啊！”

“那时，我不是一个好母亲，好妻子。道德为我料理家务带孩子，一个男子汉受了许多委屈。我要对的起他们。”

“现在——我终于实现了！”

说到这，她突然止住，眼睛望着空中良久良久。

后来她又笑了，露出两个浅浅的酒窝。

“回来真好，我真想美美的睡它几天几夜。咱们中国人真闲适，我也真羡慕。但我必须赶快回日本，不然我就不想回去了，这种闲适的生活会把我的斗志打垮。”

她在日本的情境，我也略有所闻。一天既要上课，又要打两份工，每天有四、五个小时休息。在地铁里、大巴里哪怕有十几分钟，都是她闭目享受的时间。她经常因为睡过了站，不得不一路小跑而回。而当节日之时，思念家人的心境使她坐卧不宁，含泪久久地望着孤寂的星空。

洛霞在孤傲和毅力的支持下，站立起来了，她自强不息的精神强烈的震撼了我。

她自尊自强的心气在不断扩大，终于形成了如此一场大的风暴。而风暴的中心都是绝对静止的。那种窒息，那种寂寞，那种漫长，常人不能忍受，而文静的她却坚强地挺过来了。

她站在我的面前，我好象听到伯牙在弹奏《高山流水》，巍峨连绵的群峰，呼啸而下的瀑布，星光灿烂的夜空，春夏秋冬的炎凉……

那穿透时空的琴声，在永远诉说着青山不老，生命不息。

3. 寻常看不见，偶而露峥嵘

洛霞的微笑甜甜的，洛霞的倩影柔柔的。谁也不会想到在她的微笑和柔弱中，能爆出“胆大妄为”的举动。

那是 1987 年的秋天，日本冈山市少男少女访华团要到我厂小学访问。她打电话给我，那时我是教育中心的一个不大不小的领导。她要求和日本人练习会话，我没有答应。因为当时外事纪律很严。她也答应听我的，不去影响外事工作。

但她去了，而且大大方方的去了，并且竟然坐到了主席台上。

那天，她打扮得特别靓丽，举止文雅，趁保卫人员不注意，溜进了日本人的队伍。她同日本人交谈着，说笑着，非常自如。一起参观学校，一起坐在了主席台上，一任全校师生的热烈欢迎。

厂保卫人员发现多了一个日本人，又不便追问。日本人以为她是派来的翻译，也毫不介意。但是纸里包不住火，保卫人员终于从认识她的小学教师的嘴里明白了真象。

厂公安处向我调查她，了解这个人的背景和表现。我说，她没有问题，父亲是中学校长，她是中学教师，只不过练练口语而已。公安处只好作罢。

洛霞的“胆大妄为”，一时让大家惊讶不已。

然而“好戏”还在后边，为了凑足去日本的机票钱，她又做出了一个令师生们瞠目结舌的举动。

88 年 6 月她在学校外面附近的闹市边，竟然摆了一个冷饮摊。早早晚晚在这里卖开了汽水和冰糕，甚至晚上睡在路边看摊守夜，整个一个暑假都是这样“丢人现眼”。要知道那是 1988 年，人们还没有下海意识，人们还在“蜇伏”人们把她的行为看作“离经叛道”。“师道尊严”被她“玷污”了，一些学校领导、教师侧目而视；一些学生嘻嘻哈哈，指指点点，她成了学生们谈笑的“资料”。

谈起此事，她挺安然。

“那有什么，走自己的路，让别人去说吧！在进货的时候因为摔倒，我的左脚脖子粉碎性骨折了，我 3 天后就下地开始走路。一连半个月我忍着痛，咬着牙，也要坚持下去。其实有些教师和学生真好，专门买我的。是他们给了许多安慰和鼓舞。”

这是文静柔弱的洛霞吗？分明是向时代示威的尖刺。

后来，洛霞露出的“峥嵘”，连日本人都钦佩不已。

洛霞读完博士。她的日本导师劝她说，现在是日本的冰河时期（当时正是东南亚金融危机，日本也一片萧条），日本都找不到工作，何况你一个外国人。你找工作的希望只有百分之一，还是回国吧！

她——没有退却，她不知道什么是百分之一，她只知道她是一个可以将百分之一变成百分之百的人。

她凭着坚强的意志，一家公司一家学校的询问，不厌其烦地介绍自己，功夫不负有心人，她终于谋到了日本中京女子大学终身教授一职。

当洛霞平静地告诉自己的日本导师时，这位资深的导师不可思议，连说：“奇迹的有，奇迹的有，你的能量，我的不明白。找工作已是很难，获得终身的教授，日本人的，也是大大的不容易。”

日本的大学，大多数教师都是代课教师，只有少数成就显赫的教师才能获得终身教师的职务。

洛霞就是这样，始终没有绝望，有的就是把不可能变成可能，又一次把百分之一变成了百分之百。

北宋女词人李清照在诗中直抒胸襟：生当做人杰，死亦为鬼雄。洛霞尽管写不出这样的妙语，然而她的实践，显示着中国女性的尊严，中国女性的伟岸。

4. 秋水共长天一色

洛霞在故乡的岁月里，辛酸多于快乐，孤独多于欢聚，走过了一条满是荆棘的道路。有她很多不堪回首的地方。

而她却说："不能说故乡给予我的太少，而是它给予我的太多太多"。

她没有忘记洛阳，没有忘记中国，而且深深的依恋着。

她完全可以加入日本国籍，她没有。她说，我是中国人，不能让日本人瞧不起。你越是有中国人的尊严，日本人的骨子里越是钦佩你。她和一些日本学者一起到中国来，这些日本学者谈起洛霞的不卑不亢和祖国情结，都油然而生敬意。

她在日本不断地向日本学者介绍中国和洛阳，中国的灿烂文化、洛阳的古都文明，使许多日本学者十分神往。

有一次，一个虔诚的日本人向她请教：听说洛阳古代的星象家大大的了不起，现在一定也有传人。我的很感兴趣，能不能介绍一个给我，我的拜他为师。洛霞给我来信，让我帮他找一位懂星象的人，并寄来了那位日本人请求翻译的一篇古代星象文章。因为我学中文，洛霞以为我可以翻译。其实古代星象的文章艰涩难懂，一些专用术语我前所未闻。我在洛阳遍寻星象高人，遗憾的是没有找到。听说北京还有。

而洛霞却巧妙地告诉那位日本友人，洛阳的星象高人潜藏不露，绝非常人可寻，可遇而不可求。日本友人似懂非懂，只好慨然作罢，但留下了对洛阳的不解情缘。

她把自己五岁的小儿子带回中国，让他学习汉语，了解自己的祖国。他要让孩子知道，他的血脉里流淌着中国人的血，他要让孩子知道，这才是他的祖国。

她带来了名古屋的日本大学生与洛阳的学生们交流，意要鼓励洛阳的学子勤奋学习，冲出国门。她说，我想为家乡做一点微薄的贡献。洛阳电视台为此做了报道。

这些日本大学生分散到各家各户做客，和洛阳的高中生、大学生在一起谈心、游玩、就餐，用英语、用日语、用汉语交流会话，高兴异常。家长们都说，洛阳缺少和外国人交流的机会，能给孩子们提供这样的机会太好了，我们应该感谢她。孩子们从交流活动中受到了启发，激发了勤奋学习的热情。在接待日本大学生的家庭里，有很多洛阳的学子考上了大学，还有一些考上了重点大学。

她还带来了日本的教育信息，其中不乏我们借鉴的地方。如鼓励个性发展，注重动手能力，崇尚文明道德，倡导环境保护等等。我们一群教育同仁，从中受到了很多启示。

洛霞想方设法为故乡做出一些贡献，也希望我们提出一些建议。

洛霞每年都要在日本与中国之间飞来飞去，编织着一个洛阳游子的梦。

在我的眼里，洛霞是一只披着绚丽彩霞的孤鹜，她腾空而起，飞翔在扶桑之穹，而倒影却还在洛水之中。我思索着王勃的名句："落霞与孤鹜齐飞，秋水共长天一色"，豁然顿悟，"秋水共长天一色"不仅是一幅美丽的画面，而且弥散着天水交合的神韵。

她可能浑然不觉。她的一颦一笑，依然露出两个浅浅的酒窝。

（黄建国写于 2000 年 12 月 16 日）

（附）

曾经的中学教师同事，如今的日本教授

二十多年前的 1984 年，当我大学毕业后分配到洛阳中信中学（原矿山长中学）任教时，同办公室没长我几岁的张洛霞老师，生性活泼，爱说爱笑，做事情麻利，说话直率，对我这个刚分来的新人很是有种大姐姐的感觉。后来得知，她竟是本校老校长的宝贝小女儿。

张老师很有自己的想法，有点不安份守已的思想，总想做自己想做的事情，想有出息的想法。没相处多久，就听说她要去日本留学了，那个时候我还很少听说过有人出国的事。

再后来，她的爱人窦老师也说要到日本去，包括她的长女小雪，窦老师还找到我说让给孩子洗几张出国办证的照片。我给孩子洗出国照的时候，看着孩子那细长的长相和消瘦的面容，很是替孩子这 1 年没有母亲的照顾，有种惜怜之感。相纸在暗红色的灯光下渗透在显影液里渐渐露出孩子的模样，我的心里一直在想着，这一下小雪终于可以回到母亲的怀抱，享受伟大的母爱了，我为她们一家人的团聚祝福着！

数年过去了，今年初一个陌生的不显示号码的电话打来，一听对方让我猜是谁？我竟然第一个想到了是她——张洛霞。因为我和她家都住在学校那几间平房里有几年的时间，交往比较多，她的声音十分特别，很容易分辩出来的。果然不错，她是从日本打过来的。

她听说我现在在洛阳梅森学校工作，她爱人在日本办了个语言学校，准备和洛阳梅森学校合作设个日本留学培训部，很快我们就谈妥了。如今“日本留学洛阳梅森学校教学部”已经在梅森学校高中部挂牌开课了。

这次通话和后来她回国后见面得知，她到日本后学习好多年，获得了博士学位，并获得了很多外国人到日本很难得到的职业—— “大学常勤教师”（正式的日本大学教授），她还在日本又生了两个孩子呢，真是不简单。她的爱人窦老师担任了日本语言学校校长。她的大女儿小雪在美国读博士，并已经结婚。

前不久，《大河报》还写了关于她的报道，有道是“谁说女子不如男”，张大姐实在有种不服输的精神。想当初，她从打算出国到真正落实出国，一路走来几乎是劈波斩浪，历经重重波折，受到了不少人的质疑，也算是在困境中开了平民出国的先河。如今，真的令人羡慕她的勇气和不屈不挠的精神。

（辛昕写于 2011 年 11 月 7 日 ）

第Ⅲ部

情　怀

姐夫

我的姐夫与姐姐同岁，一米七八的个头，腰板笔直，和善可亲。与姐姐 1975 年 5 月结婚直到姐姐于 2015 年 6 月去世共计四十载，二人始终相濡以沫。

因姐姐始终放心不下姐夫，我也不愿太多地回想姐姐的往事以免过分伤心。所以我以“姐夫”为题略微回忆一下姐夫和姐姐的事，也算是我对姐姐去世的一种哀悼和对姐夫的一种慰籍吧。

1. 我的姐姐

母亲育有三男两女，姐姐老大比我年长十岁，我是老小中间夹有三个哥哥。父亲是洛阳矿山厂子弟中学校长，母亲是洛阳矿山厂子弟小学的语文教师。

姐姐虽然性情温和，但我小时候还是很怕姐姐，印象中姐姐总是识破我的小阴谋，还经常“教训我”。

大约是上世纪七十年代初，有一次姐姐下乡时的朋友来我家玩，母亲特意给客人做了点好菜，让姐姐与客人两人在另一个房间吃饭。在当时物质寄缺的年代，家里有顿好吃的很是不易。

我当时找各种借口进出她们吃饭的房间，姐姐明白我的意图总是夹口菜放进我的嘴里。几次下来之后姐姐生气地说道：“你怎么这么不懂事？让我们都说不成话了。”于是我吓得再也不敢去讨吃的了。

过了一段时间，母亲告诉我说姐姐的这位朋友特意给姐姐写信批评姐姐当时不应该这样对待妹妹。信上还说：小霞聪明又活泼，你训她的时间她像一只小羊羔不敢吭声，很是可怜。

姐姐是洛一高六八届学生。1967 年时正值文化大革命，父母因所谓的历史问题被集中审查不能回家。因当时我是小学二年级学生，上学时经常受同学欺负不愿去学校，母亲就让姐姐带我去洛一高“陪读”。

姐姐上课时我自己在姐姐寝室玩，或是跑到外面用土、石头、树叶、树技作材料玩“过家家”，给姐姐们做饭，晚上与姐姐睡在一张床上。有一次姐姐和同学吴宾一同放学回寝室，我连忙招呼她俩吃饭，吴宾说：“我们要去买饭了，谁吃你的饭？”姐姐马上对吴宾说：“吃吧！吃吧！小霞好不容易做好了。”于是她俩狼吞虎咽，一会儿就将我的“杰作”一扫而光。

现在想起来，我之所以酷爱做饭，估计也与当年在洛一高陪姐姐上学的 “陪读”生活有关吧？

2. 姐姐的婚姻

文化大革命开始以后，以北京上海为首的学生掀起了“我们也有两只手，不在城市吃闲饭”的知识青年上山下乡运动。全国各地学生迅速响应，学生们纷纷背起行李奔向农村和山区。

1969 年 1 月 8 日，姐姐下乡去了偃师县李村公社杨湾大队。后来政府又开始将上山下乡的青年陆续召回城市当工人。1972 年姐姐也被招工进了洛阳矿山机器厂。

因姐姐曾是洛一高的学生，所以进厂后被分配到矿山厂中学当教师。当时文化大革命还未结束，教师工作并不被看好，而在厂里能当个工人开机器才是最让青年人羡慕的职业。姐姐知道被分配去当教师后立刻流下眼泪说什么也不愿当教师。母亲一个劲地劝姐姐："女孩子当个教师多好啊"，可是姐姐还是不愿意。父亲只好去厂里找人说情，姐姐终于拿到了矿山厂二金工车间插床工的分配通知书，姐姐愿望得以实现顿时眉开眼笑。

不过，后来我不止一次地听姐姐跟母亲说后悔当时如果去当教师就好了的话，母亲总是说："当时劝你你不听，不过谁又能知道以后的事呢？"所以虽说"不听老人言吃亏在眼前"但这些能怨姐姐吗？

姐姐到了谈婚论嫁的年令。当时父亲还没有被解放仍在审查中，加上我家出身是地主，父母无法求别人给姐姐介绍对象，也很少有人为姐姐提亲，为此我常常看到母亲和姐姐为此流泪。

有一天矿山厂二金工车间的一位胡阿姨来我家给姐姐说亲，只听母亲问胡阿姨："我们家这个情况人家会愿意吗？"姐姐的洛一高好友吴姐姐，刘姐姐也同样因为家庭出身问题遭遇了同样的命运。在当时家庭出身工农的孩子与家庭出身不好的孩子结婚是要付出勇气，要承担风险的，也可以说是对家庭出身不好的孩子的一种恩赐吧。

1974 年，矿山厂成立了民兵小分队，姐姐担任女民兵班班长。因姐姐文章写得好字也写得漂亮，又被抽去担任民兵小分队文书，在那里姐姐相识了我的姐夫。

3. 初见姐夫

姐夫乃河南商丘杞县人，家里有两个姐姐只有他一个男孩。姐夫的父亲曾在店里学徒，因做事细心、为人忠厚、深得老板喜欢，后来专为老板家做饭。因此烧得一手好菜，我还品尝过。

姐夫有一个表哥姓李，当时在矿山厂人事处工作，并负责矿山厂招收新员工工作，受姐夫父亲之托将姐夫招到了矿山厂。后来姐夫与姐姐谈恋爱时，这位李表哥还提醒姐夫："她父亲还被挂着的，与她谈恋爱会影响你的入党提开的。"姐夫说："我看上的是她的人品，我不担心这些。"

这些话是我从姐姐说给母亲时听到的。因姐夫所在车间里有一位姓刘的上司是个造反派头头名声不太好，而且这位刘上司看上姐夫欲將自己的亲妹妹介绍给姐夫，所以与姐夫走得比较近。这件事引起了父亲极大的反感。况且姐夫出身普通人家，而我家是世代书香，所以父母不是很赞成姐姐与姐夫谈恋爱。

因此姐姐总是对父母解释姐夫与刘上司并不是同一立场的人，又讲姐夫如何如何好，母亲只得说："你自己的事自己作主，我们也不会说什么。"母亲还对父亲说："好歹他家出身好，以后有了孩子也好有个好出身，我们也省得以后落埋怨。"

就这样姐夫第一次提着四盒点心两瓶酒两条烟来到了我家。姐夫一进家我和母亲略为吃惊：姐夫上身着一身草绿色军装服，戴一顶草绿色军帽（这身打扮是当时最为时髦的打扮，我的三个哥哥都未能搞到这样一身服装，足以可见姐夫家人对他这个独子的宠爱），一米七八的个头，特别是大眼睛双眼皮在军帽的衬托下显得潇洒英俊，活脱脱一个俊美男子形象。

只是父亲一直耷拉着眼皮不愿多看姐夫一眼。过后姐姐大哭一场埋怨父亲不给面子，母亲也埋怨父亲说道："好歹人家是客人，你再不高兴也不应该挂在脸上。"

说实话仅从长相外表上看姐姐是配不上姐夫的，所以我当时也很喜欢姐夫的一表人才，觉得姐夫为我们家争了光出了气。

姐夫每周日来我家找姐姐。当时还没有洗衣机，母亲总是星期天要洗很多衣服，还要晒晒被褥。母亲也总是对姐夫说："你个头高，帮我去外面找两棵树系上绳子，一会儿我好晒晒被子衣服。”可以看出，母亲还是蛮喜欢姐夫的。

姐夫每次来家时多多少少都要给我带点吃的点心或是零食，所以每到星期天我都猜想着姐夫今天会给我带点什么？并且想好藏东西的地方。在当时那个年代里点心还是奢侈品，什么开口笑啦、江米条啦、糖果啦等等都是我的最爱。因我是家中最小的，但凡客人们来我家时总是说：“给小霞带点儿点心。”我会马上接过客人的点心后立马藏起来。客人走后，母亲总是说：“霞，把点心拿出来让大家都吃点，”我总是故意装糊涂地反驳说：“客人不是说这点心是给我带的吗？”然后立马找借口跑出家门，省得被逼交出点心来。过一会儿返回家后母亲便不再追问。不知是母亲忘了？还是出于对老小的溺爱？总之总是平安无事。

这些事使我感到待在外面就可以解决问题。真的是：外面的世界很精彩，外面的人都很可爱。这些事也奠定了我之所以有勇气敢于在 1990 年 1 月孤身一人独闯东洋的基础，就是因为我喜欢往外面跑。

不过有时在没有人跟我玩的时候，我会用纸做成钱用筷子做杆秤，把点心切成小块卖给我的哥哥们吃。1988 年 6 月我身为教师在校门口抛头露面经商卖冷饮震惊了全厂，也是出于从小对卖东西的喜爱和乐趣。所以贫困、艰难、波折等确实是年轻人的财富。我只所以有今天，真的应该感谢当年的那些人、当年的那些事、那些让我终身受益的经历。

4. 陪姐谈恋爱

姐姐当年谈恋爱的时候不知为什么还不太好意思公开？当时姐夫住在矿山厂男职工宿舍，姐姐不仅经常背着家人让我自己去姐夫那传递情报，相谈约会之事（当然了，每次给我的跑腿犒劳费是一毛钱），还经常带着我一同去姐夫宿舍与姐夫见面。他们俩个说些什么我现在一点儿也想不起来，估计他们当时是在用暗语谈恋爱吧？

姐夫酷爱摄影，将工资几乎都花在了摄影上。在当时“学习无用论”的风气下，姐夫对摄影孜孜不倦的追求也让姐姐颇为钦佩。姐姐去世后的遗像照就是姐夫在姐姐生前给姐姐照的，姐夫一生为姐姐照了不少照片。

姐姐与姐夫出门时也时常带上我，估计姐姐一定是给母亲撒谎说：“我带小霞出去玩”，以避免让母亲猜测到她是去找姐夫而躲开家务之劳。因为姐姐是家中老大，不干家务是不是会被母亲埋怨呢？总之我当时是乐此不疲。因为姐夫很和气，每次出门都会给我买吃的。所以我觉得谈恋爱很美好。我自己在二十一岁时谈恋爱二十三岁时就结婚,估计也是受了陪姐姐谈恋爱的影响吧。

记得有一年，姐姐在洛阳市涧西医院住院时，我每天去给姐姐送饭在医院陪姐姐。有一天姐夫去看姐姐，交给我两毛钱让我买冰棍吃。还特意嘱咐我：“把这些钱全部花完吃完再回来”，那时冰棍是三分钱一个，我当时不解其意，心想：吃一个就行了，干吗都花完？留着以后再买也可以的呀。于是我只买了一个吃完后，便跑回姐姐的病房告诉姐姐我打算用剩下的钱以后再买。见到我这么快就回来了，姐夫和姐姐相视无奈地对笑了一下，我见状后恍然大悟立刻冲出门去，跑到小人书滩上一下子呆了一个小时。

2015 年 8 月，我回国时与姐夫讲起这件事，姐夫悲伤的面部立即闪现出了一丝微笑，姐夫说道：“我都不记得了。”是啊，姐夫心里只有姐姐，自然不会记得这么个小事了。

5. 难舍姐姐

姐夫与姐姐结婚到姐姐去世共 40 年。我虽然不知道他们夫妻二人的婚姻感情如何？但是我从没有看见他们当着家人面生气和拌嘴。姐姐结婚后一直以老大的身份继续帮父母处理着家事，还省吃节约下粮票接济家里。因家中有三个正长身体的哥哥（当时口粮是定量的），特别是三个哥哥的家庭琐事也着实让姐姐操了不少心。不过家家都有一本难念的经，想必姐姐夫妻二人也会有这样那样难念的经吧？只是姐姐是老大不会与我们诉说吧？但不管怎样，姐姐从没向父母告过姐夫的状。

1990 年 1 月我出国时，全家千叮咛万嘱咐的，姐夫也说："你一个人去了日本如果困难的话一定告诉家人，家里会想尽办法帮助你的。"我是一个要强的人，心里想：我在国外你们又不会日语怎么帮我啊？等着我帮你们吧。

后来我在日本发展一帆风顺，第二年将我丈夫办到日本留学，第三年将女儿小雪和我二哥办到日本，并帮二哥找了一所名牌大学一直读到博士毕业。以后又将我三哥也办到了日本留学。姐姐和大哥因超过留学年令无法办到日本留学，使我留下遗憾。

2013 年 11 月，忽闻姐姐被查出患重病在郑州住院后，我立刻起程回国去郑州探望姐姐。姐姐的儿子因为在国外工作，姐姐心疼儿子不忍心儿子耽误工作而不让儿子在身边久留，所以照顾姐姐的重担主要落在了姐夫身上。虽然三个哥哥时常出力，但各家有各家的情况都是不能过于期待的。姐夫心眼很细，对姐姐的任何一个治疗方案都与三个哥哥商量，生怕落下擅自决定的埋怨。

姐姐几乎每天都要打吊针，特别是晚上打吊针的时候姐夫每晚必在，即使有专门的护工夜晚照顾姐夫也不放心，生怕别人睡着了而看不到吊针药水已经打完或者是吊针针头脱落。

姐夫吃住在医院没有睡过一个囫囵觉，营养不良以及劳累加上心愁使姐夫心身疲惫。我看着姐夫疲劳的表情心里很是酸楚，但我在日本也有工作也不能在姐姐身边久留，只能劝姐夫多注意休息，并希望在姐姐身上可以看见奇迹。

姐姐直到去世反反复复住院出院，姐夫始终陪伴着姐姐没有半句怨言，没在姐姐面前流露出半点委屈的表情。姐姐几次都想放弃治疗，我从日本时常给姐姐打电话鼓励姐姐坚持治疗下去，姐夫总说我很会开导姐姐，说是姐姐每每听了我的话后都很振作。

2015 年 5 月姐姐病情急剧恶化，基本宣告已无转危为安的可能。但姐夫还是对我说：“洛霞，你给你姐打电话鼓励鼓励她吧，让她不要放弃治疗啊！”我听后很是难受，我知道姐夫是不能没有姐姐的，姐夫是一天都离不开姐姐的，只要不是姐姐闭上眼睛离去，姐夫是决不甘心决不放弃治疗的。至今，我每每想起姐夫的这句话都心如刀绞泪流满面。他是多么希望姐姐能活下去啊，哪怕是姐姐每天躺在病床上。2015 年 6 月 7 日凌晨两点多，姐姐撇下爱她的丈夫，撇下她放不下心的儿子，还有思念她的亲人和朋友安祥离去，享年六十五岁。

6. 永远的姐夫

姐姐去世后姐夫一蹶不振。加上一年半的时间里因为照顾姐姐而白天黑夜的忙碌，姐夫顿感身体不支。我知道姐姐是放心不下姐夫的，作为妹妹我应该为姐夫做点事，也算是报答姐姐在我幼年时期对我的慈爱之心吧。

于是我经常从日本打电话给姐夫陪他聊天，分担他的痛苦，分散他的注意力，估计这也是姐姐所希望的吧？姐姐曾对姐夫说：我之所以一直坚持，就是不想离开你，离开儿子。

其实走了的人永远不可能再回来了，活着的人还是应该好好活下去的。每个人都会经历与亲人的生离死别。人的生命不在于活得长短而在于生活本身的意义。毛主席说："人总是要死的，或重于泰山，或轻于鸿毛。"诗人臧克家为鲁迅先生作诗时也曾说："有的人死了但还活着，有的人活着却已死了。"姐姐有个深爱着她、对她忠贞不渝的爱人，有个至死都一直陪伴她、照顾她的丈夫，也算是"死而无憾"了吧？也算是幸福的了吧？所以对失去亲人的人来说每天的悲痛不是最高境界，每天有所追求、有所快乐、善待自己的每一天才是应该追求的。

姐姐去世后，三个哥哥与姐夫互相之间的联系也少了。因为我每次回国我都会把亲人们召集一堂吃顿家宴的，这次回国自然也不例外。我这次还希望通过家宴使三个哥哥与姐夫之间能够保持以往的亲情得以互相关照，不要断了亲人情分。

我邀请姐夫以及哥哥嫂子们一起吃顿饭，姐夫刚开始不太想去，我说："姐夫，虽然姐姐不在了，但你永远是我们的姐夫、永远是我们的大哥、这一点是任何时候都不可改变的。如果姐姐在天之灵可以看到你与她的弟妹们一如既往地坐在一起吃家宴，姐姐会多高兴啊？"姐夫听后欣然应允，并拿出了家里珍藏的最好的酒。

全家聚会亲情融融，在家宴上我率先发言感谢姐夫这一年半里对姐姐的照顾，强调了姐夫在家中最高长者的地位，席间也充分表示了对姐夫的尊重。姐夫也很配合实现了我的愿望。姐夫，谢谢您了！

我衷心的祝愿心爱的姐姐一路走好。祝愿我那善良的姐夫尽快从失去爱妻的悲痛中走出来，过好自己的每一天。并祝姐夫身体健康，永远快乐！

后续：这篇文章是我在 2015 年 8 月 28 日回洛阳时看到伤心的姐夫后有感而写。这篇文章也是我不知流了多少泪写成的。2015 年 9 月 16 日是姐姐去世的百天祭日，我因为要在 9 月 13 日赶回日本，特意将这篇文章打印出来，让姐夫在姐姐的百天祭日里捎给姐姐了。我想姐姐在九泉之下看到妹妹的文章一定会感到欣慰的吧。

红裙子

1990 年 1 月 21 日，我是穿着一条暗红色的呢子裙子从上海登上了飞往日本大阪的航班。我当时希望我在日本的打拼也能象这条裙子的颜色一样，暗红暗红的，既有喜庆的吉祥之意，又平稳深沉而富有魅力。

1. 初见韦姐

韦玲是河南商丘人。毕业于开封体育学院，擅长排球。毕业后在开封第五中学任教。她丈夫是矿山厂研究所的一名技术员，为了把妻子从开封调到洛阳得以夫妻一同生活，丈夫找到了我父亲，想把妻子调到我父亲所在中学当教员（当时我父亲是矿山厂中学的校长）。

有一天小夫妻俩双双来到了我家找我父亲，当时我觉得找我父亲的人都属于大人，他们大人具体说些什么我也从来没有兴趣。这次也只是在给他们献茶的时候瞟了一眼这一对夫妻。我发现这是一对男女都很英俊漂亮的夫妻，男的长得就像 1987 年电视剧《红楼梦》里那个王熙凤的丈夫琏二爷爷，那简直就是一个模子刻出来的。那女的长着一双大眼睛，眼皮也很双，身材瘦瘦高高挺苗条的。他们两个走后我母亲还说：“这小两口怎么长得都这么好啊。”

我当时还真的不知道那个女的叫什名字？后来我才知道她就是韦玲。真是世事难料啊，在我眼里属于“大人”圈子里的韦玲以后竟然成了与我相处的如同亲姐妹一样的一个非常好的姐姐。

2. 同事之情

1982年我大学毕业也分配在父亲的学校教书。因为那时学校很多老师以前都曾经来过我家,所以在我眼里他（她）们都是属于父亲那一个圈子里的大人,我也就一般不主动与他们说话。对于韦玲也是这样,所以我对她的印象也很模糊，只是知道她是学体育的。因她只来过我家一次，估计她对我这个“丑小鸭”也没什么印象吧？

当时学校是全体数学教师一个教研室。因为她与我不在一个教研室，进学校很久了我也不知道她。有一次我在校园看见几个老师在那闲聊，其中有一个是我的闺蜜好友（就是那个把学习日语的机会让给我的闺蜜，她也在这个学校教英语）。我走了过去才发现有一个长得挺好的老师有点面熟，一问才知道她叫韦玲，是从开封调来的英语老师。我当时还想：她不是体育学院毕业的吗？怎么成了英语老师了？

后来我才知道：她在开封上大学期间自己参加电视大学英语考试，又专门学了两年英语，在开封第五中学教的是英语。其实那个年代会英语的人很少，英语教师是很缺乏的。她一个打排球的女子竟然敢于挑战英语，不得不让人佩服。

后来学校改了编制，把一个年级的所有课目教师集中在一个教研室。有一年我和韦玲同时教一个年级,她才从我眼里那个“父亲那一类大人”的神秘宝座上下到了我这个层次。我们俩个同教一个班，她教英语我教数学。

韦玲的工作态度我是真的佩服，别的老师都说她是工作起来不要命的人。她不仅工作上一丝不苟，而且对学生是严格要求。她还经常节假日自发地给学生补课带学生去参加英语竞赛，取得了不少的好成绩。为学校争了光，也因此经常被评为先进教师。

当时我们学校有四个女教师被称作“女强人”，我和她都在其中。不过我至今不知道我怎么会算成女强人的一员？估计是因为我在学校不屈不挠学日语的原因吧？韦玲是属于工作优秀认真负责而得其美名的，她当之无愧！

韦玲不仅性格开朗、倔强要强、口齿伶俐，而且思维敏捷、快言快语，这些是我对她的第一印象。因为处在一个教研室，我和她很能说得来。我俩走得越来越近，近到几乎不分你我。她忙于工作有时把她家的钥匙给我，让我去她家帮她拿忘拿的东西。

因为她比我大，我对她总是言听计从的。不过因为都是一个学校的老师没有称姐道妹的习惯，所以她总是叫我“洛霞”，我也直呼她“韦玲”。我喜欢她的性格，她也喜欢我的性格，我们俩几乎无话不说。我曾在《虹》这篇文章中写过：我对一个姐姐说我要“三十而立”，就是在她家时对她和她丈夫说的。

她的儿子比我的女儿大一岁，有时候韦玲星期日带学生参加英语竞赛时，他丈夫就带着儿子来我家玩，我们两家一直相处很好。当年我在学校外卖冷饮的时候，她夫妻二人也常去我冷饮摊上玩，有时也站上一会儿体验一下做老板的感觉。

3. 舞台姐妹

韦玲不仅工作好而且心灵手巧。做饭自然不必说，连裁剪衣服也很在行。我至今都想不明白：她怎么有那么多的本事呀？都从哪里学的？学校里只要有她参加的比赛项目别人就别想拿第一名了，因为那是徒劳的，尽早投降拱手让给韦玲算了。她丈夫不止一次地对我说：“韦玲就是太要强了，干什么都要拿第一，其实有些事是没有这个必要的。”我能听出来韦玲的丈夫主要是心疼妻子，因为我亲眼看见他也是一直在支持韦玲工作的一个模范丈夫。

韦玲还很喜欢歌舞。她担任班主任期间也经常带着学生们编排舞蹈参加学校表演。有一年她叫上学校另一名男性孙老师，还有她班上的学生排演了当时很流行的舞蹈《十五的月亮》。孙老师扮演远在战场上的军人，她扮演军人妻子。

第二天就要演出了。因为没有她看上眼的演出服装，她下午急忙跑到商店买了一块暗红的呢子料子，连夜自己剪裁自己缝制了一条很漂亮的裙子，还在裙子的左下摆处放上了几片亮片（这在当时还是很时髦的装饰），起到了点石成金的效果。第二天这条漂亮非凡的裙子就奇迹般地漂浮在舞台上，渲染了军人妻子的善良和美丽，为舞蹈增添了不少的风采。

当时她已经 30 多岁了但还是身轻如燕，特别是她的两个胳膊很长，那一招一式跳得非常地认真，投入。把军人与妻子之间的柔情蜜意以及思念之情表现得惟妙惟肖，再加上那一曲动人的歌，把观众的感情一下子调动了起来，那气氛实在是棒极了。

我当时被教育中心抽调去跳舞，我跳的是民族舞蹈《荷花舞》，我们两个经常在一起探讨动作的设计和表情。那真是一段非常美好的日子，因为除了跳舞，别的我是任何事都讲不出一、二、三来的。后来在厂里举办的多次文艺演出活动中，我们两个在同一个舞台上表演过好几次。有的时候我们会同时出现在一个表演节目中，俨然成了一对舞台姐妹。

4. 夺她所爱

韦玲的那条暗红色的呢子裙子一直让我垂涎三尺，我也不止一次地盘算着怎么可以弄到我的手里？可是我没有正当的理由，怎么也张不开口啊？因为那条裙子不仅颜色好、式样也好，特别是那块呢子料子非常好价格不菲。她自己也很珍惜，舍不得穿，就在台上穿过一次，所以我不能夺她所爱啊。

机会终于来了。1990 年 1 月我要去日本了，我穿什么去呢？洛阳是个小地方服装不够潮流，特别是我当时还以为日本女人在冬天也都是穿裙子的，所以我也不能穿着裤子去啊？可是一月份我又不能穿着夏天的裙子去啊？当时就是在中国的大城市也没有女人大冬天穿裙子的，我去哪里买这样的厚裙子呢？于是我又想到了韦玲的那条暗红色的呢子裙子了。中国人都喜欢红色，因为红色既有驱邪除恶的寓意，又有喜庆吉祥之意，所以我也希望我的日本之行得以顺利、平安。如果她能送给我的话，那可预示着我在日本会平安无事的吧？那我可是太幸福了。

打定主意以后，我来到她家与她道别。一阵寒暄之后，她说："我得送你点东西，你喜欢什么我去给你买，你带着路上用吧"。我说："不用特意花钱了，我不需要什么的？"她又说："那怎么行呢？那你看我家里有什么你喜欢的拿去也可以送送朋友啊？"我一听，这可是"机不可失、失不再来"呀，现在不说更待何时？于是我清了清嗓子壮了壮胆子，胆怯地说道："我喜欢你的那条红呢子料裙子。"

她一听楞了一下，我一阵紧张感觉有点不妙。不过很快她就说："是吗？如果你真的喜欢那我拿给你吧。"阿弥陀佛，我终于得到了我喜欢的东西了。我抱着那条心爱的裙子赶紧跑出她家，生怕她反悔再要回去。她丈夫一个劲地在后面喊："洛霞，洛霞，你慌什么？你吃完饭再走啊。"

我一边跑，一边自言自语地说道：韦玲姐姐，对不起了，夺你所爱了。谁让你是姐姐呢？下辈子我当姐姐，你要什么我都给你。

5. 充满感激

也可能正是因为沾上了这条裙子的福气，我在日本一帆风顺。我真的很感激韦玲的无私奉献。每一次从日本回国不管多忙我都一定尽早去看她。搞得我的亲姐姐总是埋怨我："你回来了怎么也不给我打个电话？我还是从韦玲那里知道你从日本回来了。"

是的，我每次回国总是先联系朋友、也先去探望朋友、再去探望亲人。不是因为我对亲人不亲，而是因为我真的怕慢怠了我的朋友。我们每个人都不能只是生活在家里，不能只是生活在自己的亲人中，我们还必须生活在朋友当中。我的朋友们虽然与我没有一点血缘关系，但是正是因为他(她)们无私的奉献，帮助了我、成就了我、才使我有了今天。所以我发自内心地要高喊：谢谢了，韦玲姐姐。谢谢了，我的朋友们，愿你们好人有好报。

挚友

挚友 H 君先是与我同住一个楼、后是我父亲的得意部下，最后又成了我的挚友。我们好几年没有联系了，2015 年 8 月我回国探亲时特意去拜访了他。

1. 他的身世

H 君，男，生于 1953 年，当年住在 18-2 号街坊。这个楼最早盖的时候只有三个门栋,若干年后又增盖了三个门栋,所以整个楼房形成了 L 字的形状。我家就是 1972 年搬入这个新增盖部分六门栋的。从我家窗户上可直接看到 H 君家的 1 门栋和窗户。

初闻 H 君并不是从 H 君开始的，而是从他的妹妹。他的妹妹比我大两岁，是她们那一届出了名的美女，我们偶尔也在一起玩。看着她那清秀的面容、大大的眼睛、我时常幻想：要是我也有这么美就好了。如果当时就有整容这一做法的话，我一定按她的五官去整容。

我只听说 H 君父亲的官位不小，可是其父的经历以及所从事的工作和官位我至今不是很清楚。我与 H 君的妹妹一起玩时，也从来没有听她妹妹讲过她父亲的事。

因当时正处在文化大革命时期，估计 H 君家也属于有历史问题的吧？所以她的妹妹也是比较低调的。我只知道她有个哥哥，究竟哪一位是她哥哥当时没有对上过号。

后来 H 君的妹妹也下乡了，与我三哥下乡在一个地方。我时常想：H 君的妹妹如果可以嫁到我家就好了。

2. 得意门生

真正开始知道 H 君还是从我父亲的嘴里。

文革结束后的 1977 年，我父亲已经被解放恢复了矿山厂中学校长的职务。H 君是怎么进的矿山厂中学？在学校里做什么我不太清楚。印象中好像 H 君是帮我父亲工作的，比如整理点东西、写点什么的。

父亲在家总是夸 H 君聪明、爱学习进步快，还说 H 君每天晚上都在学校看书一直呆到深夜。父亲是笔杆子很硬的一个人，他认为好的人是不会错的。H 君也曾经说我父亲是指点过他的“高人”，他非常敬佩和尊重我的父亲。

我当时经常听父亲向母亲夸 H 君如何如何懂事？如何如何勤奋？而且父亲不止一次不无感叹地对母亲说：“咱家的小毛比 H 君还大一岁呢，他如果有 H 君的一半咱们就省心了。”

小毛是我大哥的小名。我大哥生性倔犟，固执。因文化大革命受同学欺负无法去学校上学，父亲担心大哥的倔脾气会招来横祸，只得让初中未毕业的大哥也在 1969 年 1 月 8 日随同姐姐一起下乡到了偃师县李村公社杨湾大队，与姐姐的高中同学余有志编在一组共吃喝。在父亲看来我大哥属于不太听话的犟孩子，我当时还小其缘由尚不太清楚。

有一天我站在窗户边，无意之中看见 H 君家的门栋外站了很多年轻人。母亲告诉我说：“H 君的父亲去世了，那些人是来送葬的。”

在母亲的指点下我终于辨识出了 H 君。只见他穿着一件军色呢子大衣，他周围的七八个男青年也都是大衣打扮。在当时那个年代里穿短大衣的是有，穿长大衣的很少、穿军色黄呢子大衣的就更少了。看来H君的父亲一定是个不小的军官，否则当时一般人根本弄不到军呢子大衣的。那几个青年男子一个个服装整齐、风度翩翩、气轩昂扬、坚毅刚强。用现代的语言来比喻的话一个字“酷”。他们估计也是当时姑娘们眼中的“富二代”吧？我下次回国的话如果有时间我一定去问问 H 君：当时的那些人都是谁？

3. 终成挚友

H 君在校长办公室工作。因父亲是校长所以我在学校时从不去父亲的办公室，也就没有与H君正面接触过。后来因演讲才开始与H君进行了正面接触，这是因为H君也积极参加了由我组织的那次演讲活动了。

1987年演讲风潮过去以后一切恢复了平静。H君仍然每晚必来学校从不间断，这一点也确实让我敬佩不已。因我住在学校，我丈夫在职工夜校上班，每周三个晚上不在家。于是我经常带着三岁的女儿傍晚在校园内与别的教师家的孩子一起玩。

有时晚上在校内遇见H君时我们会随便地聊几句，有时他还会讲一下他对唐诗的理解。我发现他很正直、很善良、也很好学，完全符合我父亲所说的好青年标准。有时H君的妻子也带着孩子傍晚时来学校玩，所以我们都认识。

他的妻子是矿山厂里的一名普通职工，性格直率快言快语，似乎与H君的性格不太一样。听她讲H君在家里是甩手掌柜，什么事都指望不上。不过女人吗，一般来说越是向外人埋怨自己丈夫不好的，其实是真正的喜欢自己的男人。可以看出H君的妻子对丈夫很好、对丈夫也是很满意的。我不知道他们是怎么相识恋爱的？但是我总感到H君不太喜欢呆在家里，确实对家里的事不太挂在心上。

H君有个女儿，1997年参加全国高等学校统一招生考试时得了洛阳市外语状元。H 君为女儿表示自豪时，他妻子马上就会用眼睛白他一言说：“你现在还好意思说？从小到大你就几乎没抱过孩子，整天躲在学校”，我这才恍然大悟：原来如此，怪不得H君每天晚上来学校呢。

因为我们两家离得近，来往也就逐渐频繁起来，我与H君也渐成挚友。1990年我虽然去了日本，但是每次回国时总去他家坐坐，每次去他家时他妻子总是说：“洛霞，你不用说我就知道你爱吃什么？我马上去做。”

我到日本后也经常给H君写信，信中主要写了我在日本的接人待物，以及对处事做人的一些体会。因为我觉得他是能够理解，读懂我信的人。因怕寄到学校引起别人误会，所以我总是把信直接寄到他家。他妻子也常对我说：“看了你写的信，我经常流泪，你写得太好了。”

4. 告慰天灵

1999年4月，我读完博士在日本大学当了一名专职教师。为了想买点中国文学方面的书充实一个自己的文学知识，有一次我回洛阳后约上H君一同到书店购书。门口有一个算命老先生硬要给我俩算命，H 君说：“我们不算不算”。那老先生在后边又追着说：“算算怕什么？我算得可准了，不准不要钱。”听到这句话，我说：“算就算吧，我还从没算过命的。”我当时正想告诉算命老先生我的生辰八字，H 君抢先一步问老先生：“你先算算我和她是什么关系？”老先生略停片刻说道：“那还用算，夫妻关系吗。”听老先生这么一说,我俩哈哈大笑地进了书店。

最近几年我回洛阳事多也没有与他联系。2015 年 8 月回洛阳时我特意去拜访了他。他已经退休在家，每日写写大字还弹起了钢琴，很有闲情逸致的。我跟他开玩笑地说道：“我父亲对你如此满意，怎么没想到把我嫁给你呀？”他立刻哈哈大笑说：“你那时还是小姑娘的。”

是啊，H 君在我眼里一直是属于父辈一代的人，尽管他并不比我大多少,但是我一直是尊敬他的。我能与他成为挚友，估计我父亲的在天之灵也一定会感到高兴和欣慰的吧。

宋老师

宋老师是我的好友。我与宋老师相识在蹭课中、又别离于1990年，这几十年里我一直在找她。

1. 蹭课相识

为了学习日语，我在一个宾馆的日语班上蹭课。授课老师是一位日本冈山县来的家野四郎先生。因为当时蹭课的只有我一人，可以说每天我是提心吊胆的。

有一天我发现来了一位少妇。她头发向后盘着，体态丰满皮肤白質，一副金边眼睛后面闪动着一双大眼睛。她神情高贵、姿态优美、有种贵夫人的味道。我料定她不是宾馆服务员，也就随即壮起了胆：连贵夫人都来蹭课，我还怕什么？

第二天她又来了。我开始正眼看了她一眼，她胆怯地迅速避开了我的眼光，我单刀直入地说道："别怕，我也是来蹭课的。"她的表情迅速转危为安，会意地给了我一个如释重负的微笑。

下课后，我俩迅速地走到一起开始了我们的情报交换，竟然发现我们有不少相似之处：相差不多的年龄、毕业于同一学校、一样的中学教师、一样的为人之母、一样的拥有一个女孩。更主要的是：我们都拥有一颗"蹭课"之心、有一个让老婆去蹭课而自愿在家照顾女儿的温柔体贴的丈夫。

从那以后，我们的蹭课多了一份共同拥有的快乐。我们每天下课后都要多呆一会儿，也常常偷偷地说笑道：我们俩在外面多呆一会儿，让他们在家多带会儿孩子吧，男人吗，就是要疼爱老婆的，包括老婆的爱好。

后来因为家野四郎老师走路不慎伤了脚，宾馆的课也只有停了。为了知道家野老师什么时候还可以再来上课？我和宋老师还专门买了礼品去家野老师房间看望老师。当得知老师要回日本疗养时，我俩的心一下子凉到了脚底。

2. 失去音信

因当时我在涧西区矿山厂中学里住，她在西工区第二人民医院家属院住（因为她的母亲在那个医院工作），加上当时也沒有电话，我们的见面和联系就少了。

有一天，宋老师突然来我的学校找我，说她调到了洛阳市第九中学(简称九中)当英语老师，而且也住在学校。我高兴极了，紧紧地抱住了她，因为九中与我所在的矿中仅是一墙之隔。我们的交流又频繁起来，更知道了“家家都有一本难念的经”。

我也多次见过宋老师的丈夫小王，在对待妻子的爱好与事业上不知道小王会不会像我丈夫那么敢于接受？善于理解呢？我没有仔细问过宋老师。估计也不会差的，因为看小王外表也是个很善解人意的人。

常听到一句话：成功的女人后面必定站着一个男人，成功的男人后面必定有一个支持他的妻子。这句话充分强调了妻子是男人是否成功的风标，而成功女人背后的男人却未必是丈夫。有多少女人为了追求事业上的成功而舍弃自己的情感去投入他人的怀抱、抛家弃夫搞得家破人亡，这样的成功又有什么意义呢？而我是一个事业家庭两者都想齐全的人，也就是说：我是一个追求完美的女人。当然了这是因为我后面站着的男人是丈夫才可以实现这种完美的。所以我衷心地感谢我的丈夫对我事业的绝对支持。更感谢丈夫与我共同拥有的三个孩子们对父母艰辛创业的理解和疼爱。

1988 年我忙于工作和经商也没有经常与宋老师见面。有一次她来找我，对我说她也准备经商。从那以后我们的联系就少了，宋老师也不知道在忙什么？1990 年我出国以后与她彻底失去了联系。所以我至今也不知道她的经商是否如愿以偿了？

3. 不弃寻找

来日本以后每次回国匆匆忙忙，一直也没有搞清楚宋老师的下落。我几次去九中寻找她，可是门岗不让进，还说不知道宋老师这个人？2010 年夏天我托人得以进入学校教务处想打听一下宋老师下落，也没查出个所以然来。

我真的很想找到她，也很想知道她后来过得怎么样了？她们一家现在怎么样了？她的女儿是否也已经结婚了？她曾经不止一次地对我说："洛霞，你真的很幸运，你有个理解你可以让你自由发挥并全力支持你的丈夫。"

在我的印象中，宋老师是一个爱护家庭爱护孩子的贤妻良母。所以不管宋老师现在生活的怎么样？在我眼里她确实是一个可以顶天立地站得住的一个女人。

虽然我和她都已步入中年了，但是我和她所共有的"蹭课精神"是永远也不会老的，这也是希望我们的孩子们可以发扬光大并传给后代的精神财富。有句话说得好：有钱难买少年苦。可现在谁家父母想让孩子去吃苦呢？所以讲出来我和她的"蹭课"如果能使晚辈们得以知道长辈当年的求学之苦、也算是我们给晚辈的一份财富吧！

所以我一直在找她。

后续：我这篇文章写于 2015 年 9 月 16 日。9 月 17 日是我儿子窦文博 20 岁生日，我以此文来作为送给儿子的生日礼物。现在的孩子不缺钱、不缺吃、就缺精神食粮。

写完这篇文章不久，我终于找到了宋老师。我将此文也发给了宋老师，现在我们经常通过微信联系。下面是宋老师 2015 年 11 月 12 日发给我她写的信，她还专门为我写了一首诗《赞洛霞》。

「洛霞，你我相识，算是知音难觅。你的梦想执着、勤奋、好学、乐观、热情、利索、重情意、有能力等等令我佩服，你这辈子抵别人几辈子活。我要把心中的话说出来，不枉我们相遇相识一场」。

赞洛霞

女儿身，赛桂英，
豪情壮志得践行。
追寻梦，赶路程，
快马加鞭赴东瀛。
天地宽，任驰骋，
自由自在好心情。
家为贵，事业重，
人生无悔得功名。

寒霞溪历险记

在日本行政区域的划分上，县比市大。县相当于中国的省。由于香川县、爱缓县、高知县、德岛县位于日本中西部并与日本本士相离，故这四个县在日本被通称为“四国”。香川県的行政中心城市是高松市，五月底我因事去了香山县。

1. 結伴同游

当日到达高松车站以后，我径直先到设在车站附近的旅游观光介绍所。这是个非赢利机构，日本全国各地都设有。主要为到此旅游的客人介绍当地景点以及免费提供景点图和相关资料。

我的问题很直接，我告诉服务员说“我今天白天一天有事，明天只有一天时间可以玩玩，请告诉我，我要吃什么东西？去哪里玩？才可以称得上是来过香川了？”对方很热情地向我介绍说一定要去“栗林公园”和“小豆岛”看看。并建议我今天黄昏可以先去粟林公园（因为黄昏之前我有事要办），第二天去小豆岛遊览一天。

于是第二天一大早我赶到玛头购买了去小豆岛的车票。在购票窗口见到两位类似于福建、广州口音的女士也在购买船票，似乎有些犹豫拿不准的表情。我想她们一定是语言表达不方便吧？于是我在购票口多呆了一会儿，想帮她们一下。后来发现其中一位女士日语发音还挺标准，我便放心地一个人先进了船舱找个最前面最中间的位置坐下。

一会儿有两个人走过来，打算在我的一左一右的座位上坐下，我连忙起身将中间位置让给她俩好让她俩可以挨着坐。她俩以为我是日本女人不懂中文，说道“这个人把位置让给了我们，真好啊！”并连声用日语对我道谢。

我一看正是刚才在售票处遇见的两位女士，忙说“没关系，我也是中国人，你们是哪里人啊？”其中一位女士答道：“我们是台湾的，看你的装束、气质、我们还以为您是日本人的。”

由高松港口到小豆岛船行需要一个小时，我们三人在船舱内又是一起拍照、又是拉家常、彼此都感到很高兴。后来得知她俩一个叫惠美、一个叫孟秋，都是很优雅的名字。船靠岸以后我们三人一同游览了日本有名电影《24只眼睛》的拍摄地，又在叫做草壁巴西车站的一个农家饭馆共进午餐，打算午餐后直奔享有日本三大美丽溪谷之称的寒霞溪。

饭店老板娘见我们三人是外国人，还特意送给我们一人一个大桔子。

2. 冒险决定

吃完饭后，我们三人从草壁巴西车站坐当地公交车前往寒霞溪游览车登车处红云亭。

寒霞溪是1300万年前由火山喷发后经过200万年岁月的雕琢而形成的溪谷。最有震撼力的溪谷高低差为317米，一般来说都是坐览车上去和下来。溪谷左边叫溪谷外层，自上而下藏有十二大怪景，溪谷右边叫溪谷里层，自上而下藏有八大怪景。

因为我们赶到红云亭后已经是下午两点，如果坐览车上去只需五分钟就可到达山顶。可据说山顶地方小最多呆三十分钟足矣。而从红云亭返回草壁港口的下一趟也是最后一趟公交车的开车时间为 15 点 40 分。也就是说，我们总共有 1 小时 40 分钟的时间。在山上有一个多小时的时间将没有事干。

这时听说从山顶走下来不坐览车的话要 1 个小时。于是在坐览车下山还是步行下山的选择中我们三人的意见不统一，两位台湾客人说下山要走一个小时太残酷了，而我主張在山上闲着也是闲着不如走下山，因为这样可以看到十二大怪景。不过我还是妥协了，三人一起买了览车往返票。两点 17 分坐观览车到达了山顶。

乘坐览车途中饱赏两边景色真是美不胜收。山顶上也确实不大，照了几张像后没什么事干了。因为还剩一个多小时，于是我又将我的建议提了出来，并强调:“我们好不容易来到这里只看山顶太可惜了，那十二大怪景看不见的话，真是太遗憾了。”这时已经是两点二十五分了。

山顶上一个买土特产的店员见我们三人商量着犹豫不决的表情,忙说:“你们如果步行下山的话再不走可来不及了。”惠美和孟秋不知是不好意思违背我的意思？还是也想观赏一下藏在山内的怪景？总之，她俩欣然同意步行下山。于是我们三人将返程览车票退掉(付了 50 日元退票手续费)，开始了惊心的探险之路。

3. 提心吊胆

这里先说明一下，惠美和孟秋是参加一个十二人的朋友团从台湾特意来日本消遣的，包括在日本打高尔夫球。登山当天是她们在日本的最后一天，于是她俩想单独出来去小豆岛玩，晚上九点多要乘坐飞机飞回台北。为了赶上当晚的飞机她们俩必须要乘坐 16 点 15 分的客轮由草壁港口返回高松与众人会合。

我们开始打听从哪条路可以步行下山？一个老人告诉我们：

“下山的路很远的，还是不要步行下山为好？”我们没有听从他的建议，继续往前走。

我印象中下山之路一定是宽宽的柏油路，而且上山下山的人也一定是络绎不绝的。刚开始的路也确实好走一些，于是我很庆幸自己的选择。沿途来到展望台看见了飞来石，心中很是兴奋。哪知走了十分之一的路程以后路越来越窄，青苔、树叶满地，分不清哪里是路？哪里是坑？道路曲曲弯弯、两旁岩石还有树木林立十分恐怖。步行下乡是我的主意，所以我得走在前面探路，并不时地提醒她俩要注意的路。

忽然间冒出了一群猴子。他们拖儿带女横在我面前，其中有一个还拿着一根长棍子大叫“留下买路钱”，我是一个见虫子就害怕的人，哪里见过这阵势？吓得不知如何是好。后面的惠美却说：“张老师别动，我来拍照。”还招呼孟秋赶紧跟上照相。猴子与我们对侍了一会儿便前呼后拥地走开了。我们继续往下走又见了几处猴子，我有点害怕了。问她俩：“猴子是否吃人啊？”孟秋说：“猴子对人很友好，不会吃人的。”可我觉得这么多猴子如果饿极了也保不准啊？

下山路上小虫横飞，两腿奇痒难忍。于是我加快脚步往下奔，心想这会不会有狼有蛇啊？脑海里顿时出现了电影里常出现的动物咬人的恐怖场面，心里不停地纠结着：如果蛇出现的话我是动还是不动才能不受伤害？总之越想越后怕。在这个地方即使不被吃掉，可在这四边悬崖陡峭、乱木纵生的杂草丛中如果出个意外扭了脚或摔下山崖，那可麻烦了。我心里这么想还不敢说出来，只得强打精神继续开路，并叫她俩赶紧跟上不要误了时间。

路上只顾害怕几乎是一路小跑，下山途中从头到尾没有见到除我们三人以外步行上山或是下山的人，因为我们没有地图还要赶车，又搞不清走了多少了？还剩多少？万一迷了路她俩赶不上飞机那可怎么办？又想到如果掉下山崖或是被老虎吃了，我的三个孩子怎么办？这心情真是难受极了。

虽然确有几处绝妙景色，但当时只顾害怕又怕赶不上时间，只得匆匆一看并嘱咐她俩一定把每个景照下来（因为这辈子再也不会走这条路了)。全程两公里山路，我们三人马不停蹄地走了五十分钟终于到达了红云亭的公交车候车站。

见到公交车司机后我兴奋地告诉他我们三人是步行下山的，他立刻显出了不解的表情。估计他在想：这几个人真有点“八嘎”（就是蠢货的意思)。

4. 永久记忆

上了公交车别提有多高兴了。这时的心情与走完二万五千里长征会师陕北的心情差不多。我告诉她俩我们提前十分钟完成了下山之路，她俩也为自己的身体可以承受这样的急行军而感到自豪，并一个劲地说:“都是张老师意志坚定，指挥有方，临阵不乱的结果”同时惠美也因在下山途中流露出的埋怨的言语而向我表示了道歉。这次历险成了我们永久的记忆，我们相约好下次一起去爬黄山，泰山，之后我们分手告别。

她俩准时登上了客轮返回了高松。我一个人又去看了一个景点，晚上坐上返回名古屋的新干线列车时我的两条腿开始痛了，一步都不想迈。说实话我很后悔今天的决定，简直是太冒险了。

晚上十点回到家，才知小女儿嫌爸爸做的饭不好吃，在“绝食”抗议，非要等妈妈晚上回家吃妈妈做的饭。我只得不顾劳累带上围裙下厨。

女人，可以冒险、可以要强。但在孩子面前永远是个母亲。

青森之遇

青森县位于日本的东北部，面积为 9645 平方公里、人口约 131 万、人口密度为每平方公里 136 人。青森县农业发达田地很多，有人说：青森的田地比人还多。青森县的行政文化中心城市是青森市。青森县不仅苹果享有盛名，因其紧挨北海道，海鲜也是物美价廉。最有名的生海鲜盖饭吸引着每一个到青森的人。

1. 忐忑不安

我因 6 月 27、28 日要去青森办事，所以决定 25 日傍晚赶赴青森县。之所以选择 25 日傍晚前往，一是因为实惠，因为从名古屋到青森每天有早、中、晚三个航班，航空公司为了促销并与新干线铁路竞争，不仅每天航班价格不一样，同一天的三个航班价格也不一样。经过我这追求“成本最小化”的经济头脑的计算，发现机票加住宿两天一晚和四天三晚的价格是一样的，与其匆匆忙忙不如多预备点时间。二是因为青森离名古屋千里迢迢，去一次实难下决心，既然去了就多玩些地方。

出发当天上午有一朋友打电话约我周六吃饭，我高兴地告诉她我周六要乘飞机去青森了。可她立即说：“那可是小飞机啊，不安全的。”我听后顿感不悦，但还是告诉她：“别担心，谢谢了。每年这么多小飞机飞来飞去的，也没见出什么事？我不会要紧的。”不过她的话还是让我多了一份不安之心。

我是 17 点 55 分的飞机，不过我十六点就来到了名古屋国内机场：小牧机场。办完乘机手续在候机室刚一坐定，大学同学群里的梁师兄在群上发来一个《李叔同诗两首》的贴子。我连忙打开一看，一首“送别”，一首“悲秋”。啊！这哪一首都没带点喜庆之意啊？?我心里咯噔一下，莫非梁师兄是在表示与我告别之意吗？可又不想对梁师兄直说，赶快往群里发了句:“梁师兄好。我现在在名古屋机场，准备飞往青森。”以此来暗示提醒梁师兄不要再发这种对我不吉利的东西。

正想着，机场广播里传出通知，说是：因今晚青森机场有雾，飞机有可能无法降落，也许会再返飞回名古屋，请大家原谅。一听这话我吓坏了，莫非我命止于今晚吗？正想着突然手机又响了，一看是一个几年都没给我联系过的一个洛阳旅游公司的老总打来的国际长途，这又是怎么回事？是不是又是来为我送行的？吓的我没敢接电话。心想等我到了青森以后打电话给他吧，虽然国际电话费点钱，但是在这个节骨眼上命还是比钱重要啊。

越想越担心、越想越忐忑不安。梁师兄也是聪明之人，看了我发的信息之后，马上回了一句：一路平安，多加小心！我心里方才平稳了一些。

飞机正点起飞。因出发前一直想着到青森之后去吃点好吃的，所以登机之前滴粮未尽。进了机舱，发现后面的位置早已座满了（看来大家都知道后面的座位安全啊）。我坐在5k靠窗户的座位，眼睛只往机舱门上瞟，盘算着如遇不测应如何逃生？心里一个劲儿地念道着：阿弥陀佛，善哉善哉。

飞机外的景色也不想看，飞机上发的糕点也不想吃。人家和尚是吃斋念佛，我是绝食念佛，简直成了和尚的“平方”了。

上天保祐，飞机提前午分钟平安降落青森机场。我高兴地抓起行李欢快地奔出机舱门，并对对机组人员一个劲地感谢。有两位机组小姐不解地互相对视笑了一下，大概她们觉得我是不是有点不正常啊？因为按照日本习惯，她们是要感谢乘机顾客的。

由机场乘坐机场大巴约四十分钟到达青森火车站。从网页上查看我订的旅馆是车站往左一百二十米再往右即刻就到，只需步行大约一分钟。可我在车站走了几个来回就是找不到。

当时已经是晚上八点多了，车站箫条人烟稀少，好不容易看见一个两手不拿行李的像是当地的男子走过来，我连忙上前去打招呼问路。他立刻一边解释一边带我往前走，我刚想对他说："您告诉我怎么走就可以了？"没想到他问我："你从哪里来？""名古屋"他又说："这么远啊？吃晚饭了吗？先去吃个晚饭吧？"我一听心想：这是青森人热情啊？还是他正准备去吃晚饭，想找个人作伴啊？但不管怎么说女人一个人外出安全是第一位的，还是少与陌生人接触为妙啊，于是我果断地说："我吃过了。"他马上遗憾地说："想一起吃个饭，你又吃过了。你的旅馆到了，就在前面，再见！"

办好入住手续，我本来想出去吃点好吃的，一想别碰上刚才那个男子了,又一想今天种种不祥之兆却都转危为安,如果再为晚饭这小小的贪婪重新出门寻找饭馆的话，也许会酿成大错的。算了，今天晚上不出去了，于是在酒店自動贩卖机上买了一盒方便面平安下肚。

2. 巧遇英子

第二天(26 日)早上尽管我起得很早,可是由于我想着观光介绍所是九点开门，所以一阵梳洗打扮完后，我磨磨蹭蹭地来到了位于青森车站的观光介绍所(后来才知道这里是七点半开门)。我照例单刀直入地问工作人员："我今天想痛快玩一天，明天后天要办事。请告诉我，去哪里玩？吃什么才能算我来过青森了？"对方一番眼花缭乱的介绍，搞得我一时没了主意。最后我决定今天先去远处的十和田湖玩。

从青森车站坐旅游专线到十和田湖单程需三小时十五分钟。沿途有著名的八甲田山空中览车，还有一条非常有名的奥入濑溪流。奥入濑溪流是深藏于山中靠近十和田湖的一条全长 14 公里的集瀑布、岩石、急流于一身的大自然景观。其风景秀丽、青山绿水深受人们的喜欢。不少留学日本的名人都对它赞不绝口，堪称天下美景。溪流的源头虽然是十和田湖、源尾是紫明溪、但最精彩的是从十和田湖邻近的子口到石开户这一段(全長约九公里，步行大约需要一百七十分钟)。整个观光线路大的公交站是：青森站——八甲田山空中览车——紫明溪——石开户——子口——十和田湖。

要想从青森到十和田湖沿途玩个痛快，没有两天时间是不行的。所以一般游客都是第一天清晨从青森站出发，然后在途中或是终点的十和田湖住上一夜，第二天上午游玩下午返回青森站。于是当地只设置了可两天内自由上下车使用的旅游车票，而没有只用一天的车票，票价一律为五千日元。虽然我只打算游一天，但没有办法只得很不情愿地掏出了五千日元。

登上了 9 点 55 分开往十和田湖的车，正打算找个后面的座位坐下，这时坐在车子右边第一排的一个妇人问我："你是一个人吗?""是啊"那妇人马上又说："我也是一个人，我刚才见你一个人在车站等车，我们两个作伴一起游吧？"我欣然同意就坐在了她的旁边，然后我们两个开始商量旅游线路。她说她今天最想先去八甲田山坐空中缆车，然后再坐车到石开户，下车步行一段就折头往回赶，坐最后一班车回青森站。我听后心想：我好不容易来到这里，不看看奥入濑溪流这个庐山真面目简直是太可惜了！于是我说："我们先去看奥入濑溪流吧，空中缆车离青森站只有一个小时的车程,今天我们先直接坐到最后,然后从子口到石开户步行往回走,如果回去途中来不及坐缆车,明天我们再专程去坐缆车吧？”她听后说道:“好啊，我的票是两天可以用的,那就按你说的办吧,我也很喜欢步行的。”我高兴地说：“那好，那就定下来了。”她也很高兴地一个劲地说：“好啊,今天遇见你太好了。”并马上从包里掏出一瓶水硬要我收下。后来我得知她叫英子,65 岁,去年退休以后独自一人出来转转。

3. 愧对英子

中午 12 点 48 分我们在石开户下了车，决定先去饭馆“充充电”，也好备足马力迎接下午的长途步行。我问店家有什么好吃的？店家向我推荐了一份套餐:一碗牛肉盖饭加一碗面。还说这份套餐收入的一部分将用于支援 2011 年的东北海啸灾区。于是我选择了这个既能填饱肚子,又能做慈善的一举两得的套餐,而英子因坐车前担心时间不够而在青森站已经买好了午餐的盒饭。

饭间闲话中，英子告诉我：她三十八岁时得了乳腺癌，去年检查又得了早期大肠癌，不过已经动了小手术切除了。还告诉我：她有两个女儿，一个儿子。大女儿的儿子已经二十岁了，儿子和小女儿都已离婚了。她的老公十二年前去世以后，她感到一个人生活的太孤单无法承受，于是就与小女儿和外孙女三人一起生活了。

在儿子离婚判决孙子的抚养权时，因为她一直没有正式工作只是在超市打零工，而儿媳妇的妈妈有正式工作可以给孩子一个很好的生活环境，于是法院将孙子的抚养权判给了儿媳妇娘家。由此可以看出日本法院在判决孩子的抚养权时是以孩子能否得到好的生活环境为准则的。本来英子就比较瘦小，听了她的这些话以后我更感觉到她真是太可怜了，她用她弱小的身躯经受了多少的磨难啊？不由得使我想起了俄国大作家托尔斯泰的一句名言：幸福的家庭都是一样的，不幸的家庭各有各的不幸。同时也为我得以获得英子的信赖而感到欣慰。因为日本女人一般是不轻易讲自己家的事的。家事是日本人的隐私，所以中国的“拉家常”在日本是行不通的，在日本再富裕的家庭里也不请保姆，就是因为他们担心自己的隐私会招到侵害。

同时我也感到刚才在车上让英子服从我的行程线路有点太自私了，真是愧对于她了。如果在车上她早些告诉我她的这些遭遇的话，我一定会服从她的行程路线的。但是现在已经不可能了，唯一的办法就是一会儿加快脚步看看能不能赶上坐缆车，以此来弥补我的过失。

4. 萱野饮茶

饭后一点半我俩从子口出发开始顺溪而下朝石开户方向奔。英子说她怕水不会游泳不敢走靠水的内侧。其实我也是个旱鸭子，但我不能再让她感到不安了，于是我壮着胆笑着说：“别担心，我会游泳的”，她马上高兴地说：“谢谢，谢谢。”于是我让她走外侧我走内侧，以防她跌入水中。从子口到石开户只有一条路，有些潮湿泥泞，不时地还要拨开树叶才能通行。有些地方过于狭窄只能侧身前行，我只有拉着英子的手缓慢地往前挪。

一路上虽然没有看见野猴子野动物，但时不时看见写有“小心落石”的牌子，也着实让我俩颇为担心。一路上虽然看见了十来个行人，但是大多数的时间里周围一片寂静，只有潺潺的溪水声似乎在感谢我们的光临。英子不停地感叹:“这要是一个女人还真的不敢走啊”。一路上基本上是我在前面开路，于是我感到我像一个将军，指挥着千军万马勇往直前，又感到我像一个大象，用我巨大的身躯护卫着孩子们，使他们免与受难。

这条溪流确实很好看很绝妙：一会儿是瀑布飞流三千尺，一会儿是激流涌进奔腾去，一会儿是曲径通幽妙无限，一会儿是巨树拦路笑相迎。英子说她现在已经不喜欢出门照相了，所以路上遇有好景，总是她给我照像。我搞不懂她的真实想法也不便勉强，所以也没有要求与她合影。

下午四点我俩终于到达了石开户，比预定计划提前了二十分钟，我担心英子的身体是否可以承受，她连忙说:“一点关系都没有。”最后一班回青森站的公交车是4点38分经过石开户，于是我俩上了车，而原先打算返回途中乘坐空中缆车的美梦就此破灭，只有重整旗鼓明日专程去八甲田山坐空中缆车。

车子途经一个有着“长寿不死茶”的村庄停车休息十分钟，以便大家下车方便一下。下了车就看见一个卖土特产的小店，在店前摆了一个木台子，木台子上放着热茶和茶具，每天都免费供应热茶。按日本人的习惯是不会无功受禄的，所以喝了茶的人多少都会在店里买点东西。

英子先去店里转了，我直奔茶台。只见木台子旁边的柱子上挂着一个牌子，上面写道：萱野的茶，喝一口多活三岁，喝两口多活六岁，喝三口到死都长寿。这前两句话的意思还好理解，这第三句“到死都长寿”是什么意思？是说喝三口会长寿不死？还是说喝三口以后该到死的时候不死而得以长寿？还是说喝三口会不到长寿就不死？ 总之我当时没有搞懂，只是感到好像喝得越多越好。于是我想：干脆我喝四口，不死了。

我一口气喝了四口，并连忙招呼正走出店外的英子，我冲英子喊道："英子，这里的水很好喝了可以长寿，你多喝几口，我给你拍个照留个纪念，表示你的诚心"。她听到后一边高兴地哈哈笑着来喝茶，一边终于允许我给她留下了一张她喝水的镜头。于是我如释重负，觉得我终于做了一件对英子有好处的事。愿她身体安康长寿。后来有关"到死都长寿"这句话的意思，我特意问了主讲日本民俗文化的日本人老师，他们也没有讲出个所以然来，只是说：估计是说喝三口可以长寿吧？

5. 欲哭难消

车子快到青森站时英子掏出车票准备让司机验票，只听她"啊"了一声言道："我的车票是昨天和今天的两天，我真笨"。我一听也吃了一惊，连忙让司机帮忙看看，果然英子的票是到26日为止的。英子说那她明天就不去八甲田山坐空中缆车了，我一听慌了，因为我知道英子此行的最大目的就是要坐缆车的，可是因为我的强势和捣乱没有实现。因为英子没有工作是靠年金生活的，所以我想再掏五千日元给她买张明天的公交车车票。

车子到站了。我邀她一起吃晚饭，想慢慢劝她明天再来，因为我担心她不想让我替她买票。日本人是轻易不接受别人的贵重礼物的，一般来说一千日元最普遍，两千日元还勉强可以，再多的话会遭到对方的厌烦而失去朋友的。所以日本土特产的价格一般都是两千日元以内的，否则卖不出去。

进了饭店，我点了一套生海鲜套餐，英子点了一碗面。我劝她明天一起同游，她说今晚她要赶到一个叫作弘前的地方，因为那里有朋友在等她，并说她以后有空可以再来青森时再去坐缆车，还一再对我表示感谢。我知道她是推托，因为她住在东京附近，来一趟也是很不容易的。

吃完晚饭我将她送到青森火车站，与她挥手告别。看着她那远去的瘦小的身影,想到一个六十五岁的病残之妇(她的乳房已在38 岁得癌症时割掉了)不远万里来到青森，想坐一下八甲田山空中缆车，被我闹得终究没有达到目的，真是让我心里感到万分地难受，这个痛苦让我欲哭难消。

回到旅馆后我洗了个澡，独自一人来到青森港口(离我住的宾馆只有五分种路程)，想让海风冲刷我的悔恨。我望着大海思绪万千，海风轻抚着我飘逸的长发，像是一位母亲在抚摸着我，安慰我。于是我开始在明天是去办事还是去坐空中缆车上徘徊不定。最后我终于决定:明天去坐八甲田山空中缆车，多照点像片发给英子，否则我将无法解脱。

6. 八甲田山

第三天（27 日）我早早起床，发现天不作美正在下雨，气温为十六度，我一路询问可以品尝生海鲜盖饭的地方。对于喜欢吃生鱼片的人来说，生海鲜盖饭可是级别高档的美餐。日本电视曾说过：中国人喜欢把鱼翅，鲍鱼看作是高档料理，日本人则是以新鲜作为判断是否高档的一个标准。

青森市的生海鲜都是刚刚打上来的鱼贝虾蟹，味道鲜美价格便宜，很多人都是慕名而来。对于喜欢吃生鱼片的我来说这可是不能放过的机会(我准备明天也来这里吃)。生海鲜盖饭的吃法很特别：要先买每张面值 100 日元的食品券，然后在店里各个柜台前选择自己喜欢的海鲜，各种海鲜价格也是标着一张食品券或是两张食品券的字样。

我先买了十张共 1080 日元的食品券后（因为日本的消费税是 8%），买了一碗白米饭用了一张，又端着饭碗在店里从头到尾看了一遍，要了我最喜欢的海鲜。连米饭算上一共花了八张共 864 日元（这要是在名古屋起码也得两千五百日元以上），然后坐在店里为客人准备的桌椅上美美地享受了一通，那个好吃啊简直是无法形容。吃完后在食品券副券上写上我的名字和地址参加抽奖，至今我也不知道我中奖了没有？因为我不太相信我会中奖。

后来我回到学校以后给我的好友本多老师（她是教英语的）看了我的生海鲜盖饭的照片，她看后馋得直流口水。我还告诉她："店主看出我是外国人，特意多给了我一片生鱼片。"本多老师立刻说："那以后我去的时候用英语与他说话"本多老师的幽默让我笑的肚子都要破了。

我本来打算坐上午 8 点 55 分的车去八甲田山坐缆车，然后 11 点 23 分回到青森站后下午去办事，可谓两者兼顾两全其美。八甲田山之所以有名：一是因为这里四季景色不同，十分好看。二是因为在明治 35 年（也就是 1902 年）1 月 23 日，为了防止俄国的入侵，日本在八甲田山的驻军 210 名队员在进行冬季行军训练时，因突遇暴风雪而迷了路，加上饥寒鏖战四天后酿成了 199 人冻死的大惨剧。日本还专门拍了一部叫做《八甲田》的电影来展示当时的情景，并修了空中缆车让人们在观赏大自然景观的同时得以缅怀逝去的士兵。所以估计英子也是处于这个目的的吧？

虽然我有点担心在这样的天气里空中缆车是否会运行？但是一想冬天缆车还运行的，这点雨算什么？于是乘车直奔八甲田。进了山里雨越下越大，到达八甲田后果然发现缆车停运，我目瞪口呆心里异常难受，看来这次我想为英子拍照的愿望是无法实现了。

下来怎么办？因为从八甲田回青森站的公交车要一个半小

时才来，在这个前不着村后不着店的地方连个避雨的地方都没有。于是我决定一不做二不休，干脆坐到终点去看昨天没有看到的十和田湖。

7. 西湖许仙

到十和田湖车程还得需要两个多小时。我透过车窗故地重游：一会儿想到幸亏我昨天在溪边漫步，这要是今天可真是不敢在溪边走了，这道路泥泞不说，这山上的落石可是防不胜防的。一会儿又想到我今天也没有坐成缆车，对英子的歉意可是再也没有机会弥补了。就这样一会儿高兴一会儿伤感，不知不觉过了一个小时。我拿出有关十和田湖的旅游资料，竟然发现它也被称作“西湖”。我曾在香川县高松市的“栗林公园”里见到一条西湖了，这怎么又出来一个？看来日本也真是把中国文化都学精学透了，光西湖都好几个。

我对中国的西湖颇有好感。特别是京剧和越剧《白蛇传》里许仙与白蛇同游西湖的那一段戏中，男演员把许仙的中国男子特有的柔情蜜意、关爱体贴表演得惟妙惟俏。那水袖一甩搀扶白蛇下台阶的表演动作真的是让我如痴如醉。我平时喜欢戏曲，时不时地也哼上几句做几个甩水袖的动作。

我大学的同学贾师兄住在中国海口。在微信群聊里我和同学们常拿“西湖断桥”说事，把贾师兄比喻为《白蛇传》里的许仙，把我比喻为白娘子。还有个小于师兄（比我大几个月），总是不厌其烦地几次在微信群里发“千年等一回”的歌词，挑逗我和贾师兄（同学无忌，与同学们聊天真的是一种很好的放松）。于是我立刻写了一句：“贾师兄，我要去西湖了，你赶快动身前往。”投到群里并发出了西湖的地图。一会儿贾师兄回发了：我按图索骥了，不要让我等太久了。

雨依然下个不停，将近十二点车子停靠在十和田湖站。我慌忙下车去寻找许仙——贾师兄，心里还一直念叨着:“官人在哪里？官人在哪里？”这时忽然听到：“你好，你也是一个人来的吧？你是哪里人啊？”我一看一个中年男子正微笑着问我，我连忙说:“是啊，你怎么知道我会讲中国语？”他回答说:“我刚才在车上听见你用中国语打电话，又见你是一个人坐车，我姓许。”“许？”我吓了一跳，这还真是来了一位“许仙”啊？真是人算不如天算，怎么会这么巧？说曹操,曹操就到啊。

“许仙”看出了我的惊讶，连忙为我撑伞：“惊住你了吧？你看下着雨，你没有带伞吧？”经他这么一提醒，我猛然想起我的伞忘在车里了，幸亏车还没有开走，我连忙爬上车找到了伞。

后来我们两个一起游了西湖，看了他的名片得知他真的姓许，六十四岁来自台湾，原在台湾的中国钢铁公司任职，还经营着一家民宿旅馆。今年将旅馆交给女婿经营，他提前一年退休后于本月十六日登上日本，一个人从日本的西边玩到日本的东边。他主要想考察一下日本旅馆的经营方法，打算后天飞回台湾。因为台湾以前是日本的殖民地,所以台湾人基本上都会讲几句日语。

他说他只喜欢照风景，不喜欢照人，于是一路上他又成了我的免费摄影师。游玩之中遇有台阶的时候他还真的几次想扶我一把，均被我以笑而拒。他不断地感叹：“你的脚力真好。”路上他也不停地提醒我：“路滑当心啊。”充分地展示了一个有着中国血统的中国男人与生俱来的那种对女性的温柔之心。

我不是有意防备他，也不是对他的热情无动于衷。因为在日本大学教员的工作实在是太诱人了，身为大学教员是不允许有一点道德上的非分之想和所为的。在现在通信发达，摄像头满天飞的时代，任何一点小小的不注意都可能会被大做文章，酿成大错。为了自己的孩子有个安定的生活环境，抛弃七情六欲也是值得了。这种处处谨慎的生活态度养成了我对男士有着“只看一、不想二”的习惯，所以我对男人的热情与温柔也只有装作看不出来了。在人生地不熟的雨天，一个男人在一个女人面前想表现一下他的强大以及他存在的价值，我们也是不应该非议他的。

“许仙”原先打算坐 15 点多的车去八户，然后由那里去北海道。后来听说我打算坐 13 点 15 分的车回青森站后就临时改了主意：“我陪你回青森。”我忙说：“不必了，从八户去北海道容易一些的。”他又说：“没有关系的，时间上几乎是一样的。”就这样我们乘上了 13 点 15 分回青森的车。

一路上他又是中国历史、又是企业经营、一会儿台湾、一会儿大陆，足足讲了三个多小时。我坐在车上强忍着瞌睡听他讲，感到十分地疲倦。后来他在离青森站的前一站“新青森站”下车去乘坐新干线高铁，我终于可以合上眼睛睡一会儿了，只是六分钟以后我也不得不下车了。

8. 难忘青森

28 日，是我在青森的最后一天，又是一个雨天。气温降至十度。我早上七点半奔向生海鲜盖饭，又美美地饱餐了一顿。坐在我对面的一个妇人为了吃这个饭，从秋田开了四个小时的车，然后下午再返回秋田。听到这我情不自禁地说了一句：“青森人真幸福啊。”

吃完早饭，我打算乘八点半的车去办事。本来当天就很冷，再加上又吃了一肚子生东西，身上已经没有了热气。正走在路上忽见手机上飘出一个信息，是梁师兄发的：清洗心灵，风景如画。哈哈，怎么又是梁师兄？又是一个事与愿违的信息？我连忙回发了一条："今天青森市的气温十度，冷得受不了了。不用清洗心灵了，全身已经没有热气了。"以防梁师兄再发出让人游泳的信息。可谁知道这几天没有一点联系的丈夫突然打电话给我。我还以为又是小女儿不喜欢爸爸的饭菜，在"绝食"抗议让我早点回去做饭的事，于是赶紧接通电话，只听丈夫说："我昨天买了一个西瓜，你晚上回来吃啊，很甜的。"我连忙说："我冻得命都快没了，还吃什么西瓜啊？这里十度啊。"

下午办完事后我赶紧去看了青森市有名的昭和大仏。傍晚坐机场大巴去青森机场的路上，猛然间路边的"青森欢迎您再来"几个大字跳入我的眼帘，顿时我的泪水夺眶而出：是依恋？是遗憾？是伤感？是快乐？

油条

我今天早上上街去吃了一根油条。

小的时候能吃上油条并不是件容易的事。一是必须要去国营小吃铺买，二是必须要用粮票。买一根油条要付一两粮票 7 分钱。

对于四五十年代出生的人来说，一般家庭的早餐都是红薯，黄面馍（现在这些都被称作是健康食品）。只有星期日估计才可以吃到一些白面馍或是白米饭。所以他们对油条都有着特殊的情怀。而方老师就是一个为了吃根油条而殉命的一位大学教授。

在日本某私立大学任教的方老师毕业于中国复旦大学中国文学系，来日本之前已是复旦大学中文系教员。到日本攻读博士毕业后，举家在日本居住。

他很酷爱中国文学，带头在日本创办了有关汉语文学的学会，每年举办一次交流会互相交流有关汉语语法的研究以及中国文学的学术研究动态。

在日本，大学教员每年有一定金额的研究费可以用以支付参加学会车旅费以及学术交流时的其它费用。所以一般来说大家也都愿意去参加，一来可以会会新朋老友，二来也的确很想听听别人的见解。

我与方老师只见过一面。那一年的五月受朋友之邀与他们一起去参加了由方老师主导的研究会。因为我是学经济的，所以一般都是去参加经济或是经营方面的学会。

看外表方老师大约是五十年代中期出生的，个头不高有点稀顶，戴着一幅金丝边眼睛，一看就是一个很标准地道的上海人。对我这个 “经济专家” 的初次参加表示了极大的欢迎，还开玩笑说让我探讨一下如何把中国文学和经济有机地结合在一起。

我因是第一次参加没敢发言，过后方老语还说："你怎么没有发言啊？我们都想听听有着经济头脑的人对中国文学的看法。"我说"我今天先来学习一下，下回发言。"方老师立刻说："那可一言为定了，我先把你的名字写入计划中。"

散会后方老师又招呼所有的人说："今天不急于回家的请留下，我请大家喝茶。"明目张胆地破坏着日本的"AA制"。

这年的中秋节，我请上次一起去参加学会的日本某私立大学老师来家一同赏月，提到了明年准备参加学会发表的事，并说明我已经答应了方老师。他立刻说："你还不知道吧？方老师已经不在了。" "啊，怎么会这样？前几个月不是还好好的吗？怎么回事？"

听了这位老师的介绍，我才知道方老师利用暑假带着日本学生去复旦大学进行文化交流期间，为了想吃根家乡正宗的油条，早上五点多在穿行马路时不幸遭遇了车祸去世了。后来他的夫人因为没有了在日本居住的意义也带着孩子一同回上海了。

我听后心情十分沉重。我们这些在海外居住的人有谁能理解我们对故乡的情怀呢？仔细想想，方老师也绝不只是为了那一口油条的嗜好，他不也是对吃油条氛围的回味以及对家乡的眷恋吗？这种对家乡的情结是什么时候都解不开的。

所以我每次吃油条时总会想到这位英才早逝的方老师。愿方老师安息吧。

农民万岁

我在中国洛阳住处的附近有一家小街锅贴店，这可是河南省的“非物质文化遗产”呢。店面不是很大，里面虽以卖锅贴为主，但也有不少别的像小笼包、馄饨、烫面饺等多种面食。还有洛阳的各种粥、浆面条、小火锅等，可谓“麻雀虽小，五脏俱全。”所以我每次回国吃早饭时也常常光顾这里。由于物美价廉，所以每到饭点人就会很多，不少人因为没座位而需要等待。

这次回洛阳的一天，我来到小吃店找到一个可以坐四个人的桌子坐下,独自一人享用着家乡的早餐。

一会儿，一个母亲带着一个七八岁的儿子过来了。她先让儿子在我对面坐下，然后嘱咐儿子说：“我去排队买锅贴，你坐这儿占着位置，可别让别人抢了位置。”母亲转身走了，儿子自己安静地坐在那里。

一会儿桌旁来了两位新客人，见我们这張桌子还有两个位子，就理所当然地坐了下来。我看了一眼对面那个男孩，他一双纯真的双眼只是看了一下新来的两个客人，没有吭声，更没有想要阻止的架势。

我当时很犹豫，我是不是应该帮这个男孩提醒一下这两位顾客啊？但又一想，也许男孩觉得有空位就应该让别人坐的，也就是说估计男孩子心甘情愿让别人坐。如果由于我的提醒而有损了他的善良,也许我真的将成为罪人了。于是我黙不作声地继续吃我的饭。

一会儿，男孩的妈妈端着锅贴回来了。见状后果然对男孩一顿训斥，什么“我说的话你没听见吗？怎么这么不长记性？”什么“你怎么这么笨？连个位子也占不好。”等等迭迭不休地埋怨着儿子，让我感到不像是一个母亲说给自己孩子的话。

那两位新客人估计不知道是怎么回事？所以不太明白男孩母亲所说的意思。我是听着这位母亲的话顿时心里不是个滋味，多大点事儿啊？竟然这样训斥孩子。想到多么纯洁善良的一个孩子让母亲这么一通“教育”将来不知道会成为什么样的人啊？我真的有点担心。

看到被母亲训得不敢吭声，也不敢放开吃饭的孩子，我哪里还吃得下去？立马站起身来走人。

过了两天我又去那家小吃店吃早餐，又遇见了类似的情况。只是这次我是新客，一个与上次同样大小的男孩已坐在哪里了，我看还有 3 个空位就坐了下来，马上又来了两为顾客。一会儿一位农民打扮的妇女端着锅贴过来了，我连忙起身让座，对方马上说“不碍事，你坐你坐。”

她没有埋怨孩子一句（现在想来估计她大概也没有让孩子占座位吧？），而且就在儿子身边站着吃起来了。我又一次起身打算去别处找位子，她马上按着我的肩膀不让我站起。就这样我又一次匆忙地结束了我的早餐。我很感动，并从心里高喊：农民万岁！

回想起这两件事，我再也没有了体验家乡早餐的念头了。还是头天买点面包第二天早上吃吧。

都说孩子是一块玉，父母就是雕刻工。所以“子不孝，父之过”是千真万确的。

爱美之心

前几年回国，见年轻女子以及中年女子的脖子上几乎都挂着一条金光闪闪的金项链。好像越粗越足以显示女子富裕的身份，或是嫁得好的特征。如果可以从婆婆那里得到一条金项链，更是可以衡量出婆婆对媳妇是否满意？于是女人之间金项链粗细的互相攀比失去了项链用于衬托女人之美的真正意义。

这几年回国不知是不是因为金价逐年下跌的原因，发现戴金项链的女人已经不多了，取而代之的是翡翠玉佛以及白珠子项链，而且即使上了年纪的妇女的脖子上也几乎是“脖无虚席”。

其实项链只是一个装饰品，是要与女人的脸妆，场合，服饰相辅相衬才能衬托出女性特有的高雅和温柔的美。

记得俄国作家列夫•托尔斯泰的名著《安娜•卡列尼娜》一书中有这样的一段描述：被农民领袖列文深爱着的贵族美貌女子凯蒂去参加青年军官渥伦斯基母亲举办的家庭舞会。凯蒂知道年轻貌美的安娜也一定被应邀前去参加的，她猜想安娜一定会打扮得花枝招展，富丽堂皇的。凯蒂为了在舞会上以自己的美丽战胜安娜而赢得渥伦斯基的爱慕，凯蒂特意穿戴上了自己最为华丽昂贵的服饰，打扮得珠光宝气的模样前去登场了。可是令凯蒂没有想到的是：安娜只穿了一件坦胸露臂的黑色拖地长裙，高耸着黑发，脖子上只戴着一条白色的珍珠项链。在富丽堂皇的舞厅里安娜显得雍容高贵，典雅别致。安娜一下子吸引了全场人的目光，致使渥伦斯基坠入情网不能自拔。

虽说爱美之心人人有之，穿什么戴什么是女人个人的自由，但是讲究一些自己的项链与妆容和服装的搭配是否合适？对女子来说也是陶冶性情的一个必修课，也是对对方的一种尊重的表现吧。

在日本装饰用项链多是加工的精美绝伦，而且价格低廉很受女士的喜欢。一般来说一件饰品只有一千日元（约合 50 多元人民币），女士们根据场合，衣服的样式选择购买，过后扔掉或是下次再用。而真正的金饰品往往做工简单、加工费用低、益于保存留念，这是因为过分加工的饰品失去了原本质朴、纯洁的意义。所以在日本结婚戒指只是一个纯粹的园环，不加任何修饰。因此，如果你看到外国女性的脖子上戴着一条光彩多目的项链的话，千万不要以为她们很富有，只能封她们个“会打扮”的头衔足矣。

2015 年 9 月 3 日上午，为了去陪姐夫一同看中央电视台直播的大阅兵式，在公交车站等车时我看到一位老年妇女戴着一条白珠子项链后，一种感慨油然而生写下了此文。

因为我是真的佩服这位妇人的爱美之心的。

第Ⅳ部

松竹梅

松竹梅

回顾自己的足迹，我一直很想为自己找一个可以代表我一生经历的别名。我找了很久很久。

有一天我在商店买东西，偶然发现一个标有“松竹梅”三个字的日本清酒。顿时使我心花怒放，这不正是我一直在寻找的别名吗。

松竹梅，合称岁寒三友， 这三种植物因在寒冬时节仍可保持顽强的生命力而得此名。松竹梅是中国传统文化中高尚人格的象征。我觉得这正是我应该追求的最高精神境界。从那以后松竹梅三个字成了我的最爱。也成了我的笔名。

这里收集了一些我以松竹梅的笔名与朋友之间的诗文交流。严格地说,虽然这些也算不上是诗,但是可以算是我对生活的一种热爱吧。

红梅赞

默默隐山中 ，何求紫与红 。
品高天地外 ，休与百花同 。
饱经风雨雪 ，郁郁复葱葱 。
从入红尘里 ，未抛君子风 。
扎根郊野外 ，劲节逼苍穹 。
同是松梅友 ，虚怀贵始终 。
随缘惜福 ，一叶轻舟 ，绿水悠悠 ，思绪穿透 。

（万年写于 2007 年 6 月 25 日。万年是笔友的笔名。）

红梅赞

茫茫花丛中 ，不求紫与红 。
品高天寒处 ，懒与百花同 。
历尽风雨雪 ，从不显峥嵘 。
同在松竹间 ，患难情意重 。
即是万年青 ，同伴寒风中 。
身直入云端 ，绿叶郁葱笼 。
万年青松，梅花笑彤，红绿相拥，映穿山丛。

（松竹梅写于 2007 年 6 月 25 日）

松竹梅花

云淡夜深松有声
松
风吹雨打竹叶青
竹
绝壁清泉梅花艳
梅
更胜春光花二月
花
风泛轻舟，湖波柔语透。

（万年写于 2007 年 6 月 26 日）

松竹梅花

绿叶葱葱万山青
万
日日有情年月情
年
万年青拥松竹梅
松
静观你我青山中
青
雪隐寒梅 ，露出几点红 。

（松竹梅写于 2007 年 6 月 26 日）

感怀

本是云游种 ，
却入泥土中 。
松竹满天际 ，
梅花笑竹红 。

（万年写于 2007 年 6 月 27 日）

感怀

本是书香种 ，
误入青山中 。
万年常青树 ，
至今不显容 。

（松竹梅写于 2007 年 6 月 27 日）

烂漫的你

山一程，水一程，游人千里心相行，东瀛深夜几盏灯。
风一阵，雨一更，离人思绪梦难成，闺房更静廖无声。
山一程，水一程，身向唐山长江行，中华大地万盏灯。
雪一阵，冷一更，聒醉乡心梦难成，故园乡村无此声。
独守空房不须哀，你为伊人容颜改。

（万年写于 2007 年 6 月 27 日）

烂漫的你

花一程，鸟一程，梦里夜夜思乡浓，英伦岛国长明灯。
草一程，叶一更，孤舟行船难成行，月光辉洒窗前明。
花一程，鸟一程，心系他乡中国城，华灯初上红灯笼。
霜一阵，寒一更，错把冷酒当友情，女儿国里醉半生。
青纱帐里怨不衰，你为伊人我为爱。

（韦娜写于 2015 年 11 月 3 日）

女神

你像一幅精美的画， 使人赏心悦目。
你像一首悠扬的歌， 叫人百听不怨。
你像一篇动人的诗， 令人陶醉其中。
你像一尊洁白女神， 让人爱不惜手。

（万年写于 2007 年 7 月 2 日）

女神

精美画儿无人品， 却已是灰尘沾满。
悠扬歌儿无人听， 却已是五音难全。
动人诗儿无人吟， 却已是懒赋烦填。
洁白女神无人仰， 却已是光彩不现。

（松竹梅写于 2007 年 7 月 2 日）

但愿人长久

劲松挺立迎宾客，
翠竹欣浪对风吟。
红梅羞态醉姿婷，
东瀛大地百鸟鸣。
碧柱参天枝叶青，
岁寒三友天涯聚。
临风傲雪诉衷情，
淡茶数杯皎月迎。
江山笑、烟雨遥、淘浪凶尽、红尘俗世几多娇。
清风笑、路途遥、风尘朴尽、是缘是孽谁知晓。
但愿人长久，千里共婵娟。

（万年写于 2007 年 7 月 3 日）

但愿人长久

孤身一人志不变，
救死扶伤人赞叹。
异国载起万年青，
马来西亚绿荫遍。
虽说世间人冷暖，
不压男儿三尺汉。
松竹梅学万年松，
同造幸福乐人间。
松柏挺、竹树青、梅花欢笑、不怕风寒永远娇。
万山绿、青松翠、年年长高、笑迎风寒永不倒。
但愿长携手、千里共患难。

（松竹梅写于 2007 年 7 月 3 日）

松竹梅

松青竹绿梅艳天，
碧叶青青有枝节。
绿水荷花浮连连，
遥望东瀛倩女艳。

岸边亭立千帆过，
几曲蝉声进我家。
竹枝新词迎白鹤，
杯传寂寞语亦酸。

岁月悠悠，江山依旧，凤和鸣，日更丽，游子心醉。

（万年写于 2007 年 7 月 7 日）

游子的彷徨

80 年代我自学日语，一心想看国外模样。
虽知出国绝非简单，但我还是一如前往。
为了实现出国愿望、为了改变命运现状、我不再彷徨。

90 年代我如愿已尝，独自体谅异国凄凉。
家人与我隔海相望，但我还是一路坚强。
为了拿到博士学位、为了重塑个人形象、我没有彷徨。

博士学位终于到手，高新工作降临身旁。
大学教员令人神往，一路哼唱走向学堂。
愿为两国搭起桥梁、带领学生荣返故乡、我不会彷徨。

众人投来羡慕目光，教育孩儿学我模样。
每次回国犹如蝴蝶，飞来飘去匆匆忙忙。
请我作客排不上队、让我好不得意洋洋、我不用彷徨。

事业有成不忘本性，贤妻良母女人模样。
最烦冠以女之强人，柔情似水是我理想。
为了拥有完美人生、已经三次步入产房、我决不彷徨。

2 女一男 3 个孩儿，每天打吵热闹非常。
5 口之家柴米油盐，吃饭穿衣好不繁忙。
早上起床如同打仗、晚上难得清闲上床、我没空彷徨。

为人师表谆谆善诱，出差回国来来往往。
课堂教学不敢马虎，课后琐事不得推让。
学生不学不能批评、笑脸相迎只得忍让、我跌入彷徨。

严师方可生出高徒，今日被迫换了模样。
私立学校重视生源，市场经济不容抵抗。
教师责任不忍丧尽、惜看现状束手无方、我忧心彷徨。

无力回天迷乱网络，消耗时间愁心忧伤。
天下虽大知音难觅，无人解我心中惆怅。
欲回故乡找回温情、岂知已是人去茶凉、我伤心彷徨。

大好时光不忍浪费，总想再能天天向上。
出国太久国情不知，国外创业力薄难当。
不知下来要干什么、不知体力是否容想、我天天彷徨。

（松竹梅写于 2009 年 10 月 16 日）

写诗背景：2009 年我已经人到中年了。最小的女儿也已经 6 岁可以脱手了，工作也趋于安稳。于是我又开始想接下来再应该干点什么呢？因为一时想不出来非常苦闷，写下了这首顺口溜诗。算是对自己青春时代人生闯荡的一个小小的总结吧。

文人墨客群歌

群友虽曾互不相识，
文人墨客招唤你他。
虽说身处五湖四海，
转眼即成温暖一家。

今天你的初恋难忘，
明天他的暗恋泪洒。
大家争道肺腑之言，
一同分享不留精华。

有病大家问寒问暖，
有事大家献计献法。
生日大家祝你快乐，
升级大家夸你福大。

不怕文章文不对题，
不计诗词押韵不佳。
有师指点参与为上，
一同进步笑满天下。

以孝为先以长为大，
群中尽显传统文化。
兄弟姐妹携手并进，
黄昏路上洒满晚霞。

(松竹梅写于2015年11月25日)

写诗背景:2015 年 7 月 28 日由我发起创建了《文人墨客群》。群员们主要交流一些诗文笔墨丹青之类的作品。因为大家交流的很积极，又相处的十分融洽，所以我有感而发，归纳了一下《文人墨客群》的特点写成此诗。

文人墨客做月饼

文人墨客群，一同做月饼。
梁兄总指挥，贾兄方案订。
朱兄购材料，王姐勾图精。
黄兄谱乐曲，韦姐赋词情。
杨姐做皮酥，陈兄做馅香。
余姐留念照，于兄电脑藏。
群主写记文，宋妹申遗忙。
竺弟画吴刚，崔弟倒酒慌。
张妹话嫦娥，赵妹做衣裳。
大家齐努力，月饼圆又香。
虽都未谋面，情投又何妨。
大小十六人，围坐榕树旁。
举头望明月，低头思情长。
但愿群长久，千里共文章。

（松竹梅写于 2015 年 9 月 24 日）

注:这首诗是根据 2015 年中秋节前夕按《文人墨客群》的 16 位群友的姓氏、性别、年龄顺序编排而写。

月亮赋

月亮天上挂，古今吟又弹。
阴晴圆缺月，周而复始转。
吾心愉快时，月缺看也圆。
吾心忧郁时，月圆看不见。
转发祝福语，再长情难现。
吾友心中语，再短情可赞。
群友互诉情，肝胆心一片。
干好自己事，月缺圆莫叹。

（松竹梅写于 2015 年 9 月 21 日）

写诗背景：临近中秋时，网上开始疯传各种有关“中秋祝福”之类的贺言帖子，却难见大家自己写的贺言。因此我感到非常地无奈和凄凉，我觉得大家为什么不能自己写上几笔贺言呢？那怕是只有一句也可以啊，因此我有感而发写成此诗。

冬梅

推窗忽见一株梅，
含苞待放雪枝垂。
我欲唤梅进屋来，
又恐枝断梅心碎。
急忙奔到梅身旁，
为她挡风避雪吹。
梅抖冬至飘飘雪，
告我寒冬她陶醉。

（松竹梅）

推窗又见这株梅，
含苞迎雪枝不垂。
本欲请梅相对饮，
唯恐折枝花心碎。
绕梅三匝赏不尽，
暗香染风细细吹。
月来斜影西楼照，
一阳升起东风醉。

（陈春济）

推窗还是这株梅，
翘首斗雪蕾不垂。
举杯邀梅雪中饮，
对梅当歌芳心醉。
梅花香自苦寒来，
一片丹心为谁碎？
欲说还休冬梅弄，
阅尽冰封春风吹。

（韦娜）

三笑梅

我本神仙名叫梅，
欲往人间报春晖。
虽耐狂风和暴雪，
不抵雾霾天昏灰。

暂时躲避屋檐下，
偶遇菩萨三人贵。
疼我爱我温暖我，
我送三笑报恩惠。

一笑送给张洛霞，
不顾寒冷护梅睡。
文人墨客你掌舵，
群中各位定贤慧。

二笑送给陈春济，
不顾腰痛三绕梅。
本想邀我共饮酒，
忧我折枝碎心肺。

三笑送给韦娜姐，
教我唱歌嗓音脆。
知我香从何处来，
惦我丹心为了谁？

人间真情我已知，
来年早唤春风吹。
暗香愿染文人醉，
丹心愿为墨客碎。

（松竹梅写于 2015 年 12 月 21 日）

写诗背景： 2015 年 12 月 20 日我写下“冬梅”一诗后，群友陈春济和韦娜二位随后也写了一首，我非常高兴也很感动。为了表达对二位群友的感谢，我借“冬梅”之口又写了“三笑梅”。

同学聚会花絮

(一)清平乐

北窗风漏，
凉了残菜酒。
方才还是满桌友，
疯忆小儿时候。

争说暗恋群殴，
自嘲理想奋斗。
醉倒哭说看透，
蹒跚远去挥手。

(陈春济写于 2015 年 11 月)

(二)

同窗三十载，
少年能几时。
今夕复何夕，
鬓发各已苍。

昔别是春晖，
今聚近黄昏。
想念如丝雨，
情谊满乾坤。

（竺李宁写于 2015 年 3 月）

（三）

三十三年弹指一挥间，
五湖四海欢聚在今天。
昔日跨越年龄同窗友，
今日互相搀扶幸福添。

（松竹梅写于 2015 年 2 月）

霸气的“老三届”

老三届啊，
一个人人皆知的名字，
一个载入史册的简称。
翻开历史篇章，
哪一届学生有这雁去留声的美名?
就凭这一点，
你们史无前列。

老三届啊，
为了迎接你们的降生，
百万雄师才打过长江。
炮声是你们降生的礼炮，
你们被起名建国爱国，
就凭这一点，
你们家欢国宠。

老三届啊，
你们有快乐的童年，
而我们的童年被罩上了阴影。
你们在学校戴红领巾，
而我们的学校不见人影，
就凭这一点，
你们童年福幸。

老三啊届，
你们知道孔孟之道，
而我们以为孔孟是害人之虫。
你们会说“之乎者也”，
而我们会说“革命到底”，
就凭这一点，
你们底蕴深重。

老三届啊，
你们知道四书五经，
而我们只知道红色宝书。
你们深知“学而优则仕”，
而我们都学“白卷先生”，
就凭这一点，
你们知识厚丰。

老三届啊，
你们看过青春之歌，
而我们只看八个样板戏。
你们知道男女之情，
而我们被教育男女分清，
就凭这一点，
你们浪漫爱情。

老三届啊，
你们虽然历经风霜，

而我们也是数九寒冬。
你们带头上山下乡，
而我们只得随后跟行，
就凭这一点，
你们先扬美名。

老三届啊，
你们踊跃参加高考，
而我们还在修理地球。
你们成绩出类拔萃，
而我们几乎交了白卷，
就凭这一点，
你们国家栋梁。

老三届啊，
你们带薪读大学，
而我们大学时代钱袋空空。
你们上学养家两不误，
而我们还需父母支撑，
就凭这一点，
你们孝子贤父。

老三届啊，
你们虽然经历坎坷，
而我们也是艰难征程。
你们婚育自由，
而我们是晚育独生，

就凭这一点，
你们多个孩子。

老三届啊，
你们如此的受人尊重，
而我们永远也超越不成。
人们永远记住你们的足迹，
而没人知道我们的行踪，
就凭这一点，
你们霸气永恒。

（松竹梅写于 2015 年 11 月 15 日）

写诗背景：2015 年 11 月 15 日上午我大学的一位“老三届”的同学转发来了一篇述说“老三届”的人如何不走运的自由诗帖子。我看到后，随即一气呵成写下了这首诗。因为我始终觉得在文化大革命运动中，受害最深的并不是“老三届”。文中的“我们 ”是指文化大革命运动时在小学上学的学生们。

著者紹介

張洛霞（ちょうらっか）

出　身：中国河南省洛陽市

1982年：洛陽大学卒業(数学専攻)
1990年：来日
1995年：南山大学大学院経営学研究科経営学専攻(博士前期課程)修了
1999年：南山大学大学院経営学研究科経営学専攻(博士後期課程)単位取得
専　門：流通経済・マーケティング
現　在：至学館大学　准教授

追夢

2016年2月24日　初版発行

著　者　**張洛霞**

定価(本体価格1,900円+税)

発行所　株式会社　三恵社
〒462-0056 愛知県名古屋市北区中丸町2-24-1
TEL 052 (915) 5211
FAX 052 (915) 5019
URL http://www.sankeisha.com

ISBN978-4-86487-477-9 C0098 ¥1900E